TAKE
SHOBO

ざんねん逃げられない!
変人伯爵の甘いえっちにきゅんです♥

昼も夜も旦那様の愛の力がすごすぎる!

藍杜 雫

Illustration
森原八鹿

蜜猫
MitsuNeko

contents

イラスト／森原八鹿

ざんねん逃げられない！
変人伯爵の甘いえっちにきゅんです♥
昼も夜も旦那様の愛の力がすごすぎる！

プロローグ　公爵家は苦悩していた

宵闇にさしかかる時刻、公爵家のお屋敷の一角では、呪文のように謎めいた言葉が響いていた。

「ああ、綺麗《きれい》なピンク色だ……爪半月も美しく弧を描いて、甘皮もしっかりしている……」

ランプの明かりの下、ぶつぶつと呟《つぶや》きを繰り返す青年は、無数に並んだ爪の絵から一枚を選んで高笑いする。

「見つけた！　この爪の持ち主こそ、僕の理想の花嫁だ……！」

使用人は誰もが近づかないその部屋で、青年は新しく迎える花嫁のために、怪しげな実験を繰り返す。

「ああ……このピンク色の爪の花嫁に……早く会いたい」

うっとりとした声で細密画を抱きしめる。しかしその絵に顔は描かれていない。ただ、指先が大きく描かれているだけだ。

現実を映したように正確な絵のなかで、その指先はいまにも動きそうなほどみずみずしい。

青年はひとしきり細密画を愛《め》でると、その絵を傍《かたわ》らに置いて、ビーカーへと手を伸ばした。

ビーカーのなかにはそれぞれ違う鉱物や乾燥させた草花、それらを粉砕した粉などが入っており、ラベルを貼られて並んでいる。

何種類もある鉱物を、ためつすがめつ見比べた青年は、そのうちのひとつを板の上に置き、ハンマーを使って砕きはじめる。

薄暗い部屋で一心不乱にハンマーを振るう姿からは狂気さえ漂っていた。

その姿を窓の外からのぞきこんでいた品のいいご婦人は、ハンカチで目元を抑えながら、傍らの夫に囁《ささや》く。

「あなた……早くあの子にかわいいお嫁さんを見つけてあげないと」

「そうだな……我が公爵家滅亡の危機だ……」

掠《かす》れた声には、重々しい苦悩が滲《にじ》んでいたのだった。

第一章　わたし、見合い相手が変態でも愛せます⁉

――花嫁に求められる条件ってなにかしら。

マチルダは貴族院の一角に設けられた見合い斡旋所《あっせんじょ》で、見合い相手募集の掲示板を穴が空くほど眺めていた。

ボンネットの帽子をかぶり、よそゆきのガーデンドレスを着た姿は、まだ若々しい。貴族の娘らしく、日傘を手に下げている。

とりたてて目立つ特徴のない顔立ちだが、帽子からブルネットの巻き毛が一房、くるんと零《こぼ》れ落ちた姿からは、年相応の愛らしさが漂っていた。

しかし同時に、その顔には、愛らしい若さに似合わぬ苦悩と真剣さも滲んでいる。

そう、マチルダは真剣だった。血走った目にきつく引き結んだ唇。両手の拳を固く握ったまま、掲示板を睨《にら》みつけている。

そのぐらい真剣に、花嫁の条件を吟味していたのだ。

（やっぱり美しさや賢さを求める人は多いわよね。身分さえつりあえば、ほかの条件は不問とするという募集も多いかしら）

目が届く範囲の文字を軽くさらったあとで、マチルダは考えこむように顎に手を当てた。

身分を第一条件にあげるのは、貴族なら当然のことだ。たいていの結婚は家柄のみで決められて、性格の善《よ》し悪《あ》しは二の次になる。

血統がほとんどすべての世界だが、美人なら、それに越したことはない。

美人だという噂《うわさ》は、人の口の端に上るし、名前が知られることで見合いの機会も増える。なにせ、すべては人伝《ひとづて》に頼っている世界なのだ。

口コミはもっとも有力な情報源だった。

一方で、顔の美醜が見合い相手の条件に付随するなら、体の一部分だけを基準に選んだって構わないはずだ。金髪の娘がいいとか、黒い瞳がいいとか、そういう外見上の条件をつける募集ももちろんある。これは一族の既存の外見から大きく逸脱しないほうがいいという意向で、貴族たちの間では身分の次によく提示される条件だった。

しかし、写真はまだ白黒だし、見合いに持ち出されるのはもっぱら細密画だ。

画家に金を積んで実際より美しく描かせることは貴族たちの間では当然のことだし、細密画だけを信じるのは危険だ。それは募集する側と申しこむ側ともに共通の認識であった。

結果として、見合い相手につけられる条件は、基本的に文字で書かれている。花嫁求む！――『美人で気立てのいい女性』とか、『金髪碧眼《へきがん》のしっかりした女性』といった具合だ。市井の結婚ならさておき、家事ができるかどうかを問われないのが貴族社会の花嫁募集である。

しかし、条件をつけられる令嬢の立場としては、この募集条件には切実な問題があった。

「ない……ないわ……わたしが応募できる見合い話が……全然ない！」

マチルダは悲鳴じみた声をあげた。

掲示板には、たくさんの見合い相手募集の張り紙がピンで留めてある。貴族というかぎられた世界でのお見合いにしては、意外なほどだ。

しかし、その大半の条件をマチルダは満たしていない。

なぜなら、マチルダは人の噂に乗るほどの美人ではないし、格別スタイルがいいわけでもない。ほかの貴族令嬢から一目置かれる取り柄もないし、たくさんの持参金を用意できるわけでもない。大勢のなかに紛れこんでしまえば埋没してしまうような、ごくごく普通の娘だった。

そしてとりわけ重要なことが、マチルダがただの男爵令嬢にすぎないということだった。

ご先祖が戦功を立てて得た男爵の称号は、一代限りではなく、代々引き継いでいける立派なものだ。少なくともマチルダはそう思っている。

しかし、マチルダが立派だと思っていても、貴族社会でも同じ見方をしてくれるとはかぎらない。どうしたって男爵の称号は、子爵や伯爵、侯爵や公爵と比べたら劣る。それは歴然とした事実だった。

貴族社会で名の知られた男爵家というのももちろんあるが、マチルダの実家であるローウェル男爵家は違う。誰かに名乗ったときには、「それで領地はどこ?」と言わんばかりの、なんとも虚無的な反応をもらうのがいつものことだった。

伝統ある爵位の家は、当然のように見合い相手の条件に身分の高さを求める。

そんなわけで、しがない男爵令嬢にすぎないマチルダが申しこめるような募集というのは、大変稀少《きしょう》なのだ。

菫《すみれ》色の目を皿のようにして掲示板を凝視していると、やはり同じように、早く結婚相手を見つけたいと掲示板に集っている令嬢たちに、いつのまにか囲まれていた。

みんな目が血走っており、少しでも条件のいい募集を他人より早く見つけたいと焦っているのだろう。ぎゅうぎゅうと押されて、どうにも身動きができなくなっていた。

「うっ、後ろから押されると痛いわ……ちょ、ちょっと待って……」

狭い部屋の一角に、次から次へと掲示板を見たい娘たちがやってくるせいだ。

横からも後ろからも押されて、掲示板に頰《ほお》をくっつけるようにして、ぎりぎりと壁際に追いこまれてしまっていた。

　逃れようとしても右にも左にも行けないし、もちろん後ろにも下がれない。

「ど、どうしたら」

　手にしていた日傘が人波に持って行かれそうになり、マチルダは焦った。どうにか、日傘を抱きしめるようにして、身を捩《よじ》ろうとしたそのときだ。新たな募集の紙を貼りつけようと、貴族院の職員がやってきたものだから、令嬢たちはすわ、と色めきたった。

「新しい張り紙よ！」

「一番爵位の高いお相手の張り紙はどれ⁉」

　貴族院の一角は、一瞬にして怒号が飛び交う戦場さながらに変貌した。

　ひとりひとりはか弱い令嬢であっても、なにせ人数が多い。制服を着た職員は令嬢たちより体格のいい青年だったが、令嬢の数に負けた。募集用の張り紙の入った小箱を守りきれずに、宙でひっくり返してしまった。

「ああっ、紙が！　わたしのお見合い募集が！」

　マチルダもほかの令嬢に負けずに、悲鳴じみた声をあげる。

　空中に無数の羊皮紙が舞った瞬間は、まるで花吹雪のようだった。

　春の日の、気まぐれなつむじ風に白い花びらがくるくると逆巻いて、あちこちに散らばっていく光景は、儚《はかな》くも美しい。しかし、現実に飛び散ったのは花びらではなく、紙だ。しかも、令嬢たちの殺気だった手が鋭い爪を光らせて伸びている。

まるで高価な紙幣がばらまかれた瞬間のようだ。我先に張り紙を掴《つか》もうとひしめきあい、令嬢たちが争う姿が見えた。

しかし、職員はよほど動揺したのだろう。張り紙は部屋のあっちこっちに広がり、娘たちの手を逃れた紙が、ひらひらとマチルダの前に落ちてきた。

——まるで運命を告げるように。

「花嫁募集——まずはお見合いから？」

偶然手にしたお見合い募集の張り紙を読みあげかけて、はっとマチルダは口を噤《つぐ》んだ。

ほかの娘たちに気づかれないほうがいい内容だったからだ。

身を捩り、隙間に体をねじこんで、どうにか集団から抜け出すと、そそくさとその場をあとにして廊下に出ていく。紙がばらまかれたおかげで、ようやく密集が解け、その場から抜け出せるようになっていたのだ。

不幸中のさいわいである。

おかげで無事にひと気がないところまで避難することができた。慌てて廊下に転がり出たせいで侍女とはぐれてしまったが、この際仕方ない。あの令嬢で密になった部屋にすぐに戻る気になれなかった。

ひとりになって人心地ついたマチルダは、ようやく張り紙の詳細に目を通す。

《花嫁募集。まずはお見合いから。身分は不問とする。ただし、爪の綺麗な娘にかぎる》

「――ただし、爪の綺麗な娘にかぎる……？」

最後のところをマチルダは首を傾《かし》げながら繰り返した。

おもむろに手袋をとり、自分の手をじっと見る。

爪はひび割れていないし、適度な長さだ。

高い香油で整えているわけではないから、つやつや輝くとまではいかないが、普通ではないだろうか。とりたてて特徴がないくらいの普通さだ。

そもそもマチルダは、ほかの人の爪をまじまじと眺めたことがない。自分の爪がほかの娘より綺麗かどうかなんて、ついぞ気にしたことがないからだ。

窓に向かって手を掲げて悩むマチルダに、聞き慣れた声がかかった。

「マチルダ、どう？　申しこめそうな募集はあった？」

快活な笑みを浮かべて立っていたのは、婚活仲間のベアトリクスだ。

彼女もいい見合い相手を探して、連日の貴族院通いをしているから、さっきの騒動に居合わせていたのだろう。

ちょうどいいとばかりに、マチルダはベアトリクスに向き直った。

「ねぇ、ベアトリクス……わたしの爪、綺麗かしら？」

ずずいっと手の甲を友だちに向けて迫るけれど、マチルダの心は固まっていた。なにせ、身分不問なんて募集はそうそうないし、見合いは数をこなさなければ成功もない。ともかく申しこみあるのみ。そのあとのことはまたあとで考えればいい。

「え、そ、そうね？　綺麗だとは思うけど……なに？　爪紅でも塗るの？　最近流行《はや》っているみたいね」

「そのようね」

ベアトリクスの言葉で、舞いあがった張り紙に伸ばした指先のいくつかは薄紅色の爪紅が塗られていたことを思い出した。

「そう……爪紅が流行っているからなのかしら？」

（爪が綺麗だと爪紅が映えるから、そういう娘がいいってこと？）

あえて分類するなら外見を条件とするのと近いだろうか。自分の妻に美しさを求めるのと同じように、妻を爪紅で飾りたいという意味なのかもしれない。

なんだか納得がいかないし、心がモヤモヤとするが、頭のなかで考えていても真偽を確かめようがない。

マチルダは張り紙に書かれていた内容を、無理やりそう納得することにした。

こちらの身分が不問なだけでなく、相手の爵位も書いていない募集だから不安なのかもしれないと、小さなため息を吐く。

こういう募集はたまにあるが、当然のように、身分が低い相手であることが多い。身分が高い人は黙っていても募集が殺到するし、身分を隠す必要がないからだ。

（もし、あまりにも酷《ひど》い相手だったら、こちらから断るという選択肢もあるんだし……）

貴族院のお見合いでは、『双方納得の上、成約とすること』と書いてあるため、問題があれば仲裁に入ってくれるのだ。

だからこそ、無鉄砲と言えるくらい弾を撃ってちょうどいい。見合いのセッティングさえ、なかなか成功しない婚活事情から、マチルダはそう悟っていた。

マチルダの見た目はごく普通だ。友だちからはやさしそうな顔立ちとか。なんでも話を聞いてくれそうな顔をしていると言われるが、それは裏を返せば、顔の造作で褒められるところがないからだろう。

婚活仲間のなかではベアトリクスが一番の美人で、隣りにいると引き立て役にされていると言われているのも知っている。でも、それがどうだというのだ。

マチルダが平凡な顔立ちなのは事実だし、だから高望みはしていない。自分の分相応のしあわせが欲しいだけだ。

（平凡で安定した結婚生活が送りたい！ 叶《かな》えたいのはただそれだけです……神様！）

身分不問の募集は危険だ。それはわかっている。

普通の結婚のための見合いだと思ったら、実は愛人の募集ですと言われたときの令嬢の心情を表わせる言葉なんてないだろう。

それでも、そのなかにまともな募集もあると信じなければ、やっていられない。親戚の伝《つて》もろくにない男爵令嬢としては、それが精一杯の婚活なのだから。

「失礼いたします。この張り紙のお見合いに応募したいのですけど……」

意を決したマチルダは、貴族院の窓口で、身分不問の見合い相手募集の張り紙を差し出したのだった。

† † †

見合いというのがどんなことをすると思っていたかと聞かれると、正直、困る。

これまでセッティングに成功した正式なお見合いは、実はたった五回だ。

一回は親戚の伝で、義理で会ってくれたようなものだったからすぐに断られたし、残りのは貴族院での募集に申しこんだものだったが、まともな見合いとはほど遠かった。

普通の見合いに見せかけて、金持ちの老人の後妻や愛人の募集が混じっていたのだ。

漠然とデートの延長のような見合いを夢見ていたマチルダは、実家でしばらく立ち直れないくらいのショックを受けていたくらいだ。

残りのお見合いは一対一の形式ではなく、多数の未婚の子女で集まる婚活パーティで、人とたくさん会える反面、なんの取り柄もない娘では男性と話をするのさえ一苦労という難易度の高いものだった。

しかしこの日、おそるおそる訪ねていった先に待っていたのは、とびきりの美形と言ってさしつかえない、白金色の髪の青年だった。

「え……ええっ⁉」

とまどうマチルダと視線が合うと、青年はにっこりと微笑《ほほえ》んでくれる。

まるでさわやかな夏の風のような美青年だ。背後に散らすなら、気品高い剣先《けんさき》型の薔薇《ばら》だろうか。棘《とげ》があって近寄りがたいけれど、一輪だけでもずっと見ていたい美しさと優雅さを携えている。

すっと伸びた鼻梁《びりょう》に長い睫毛《まつげ》。瞬《まばた》きすると、髪と同じ白金色の睫毛からキラキラと眩《まぶ》しさが零れ落ちているかのような憂いのある眼差《まなざ》しは、マチルダを惑わせてあまりある美しさだ。

やや長めの前髪を指先で掻《か》きあげて耳にかける仕種《しぐさ》も男性的な色気を帯びて、見る者の目を惹《ひ》きつける。

白金色の髪は背後の格子窓から降り注ぐ光を受けて、まるで後光が差すように輝いていた。

薄く開いた唇も完璧に整っていて、まるで造りこまれた彫像のようだ。

瀟洒《しょうしゃ》な応接室で美形が微笑んだ瞬間、一気にあたりに花が咲きこぼれ、類《たぐ》い稀《まれ》な雅な香りが広がった気がした。

遠くで、リーンゴーンと祝福の鐘が鳴っているような、そんな錯覚にさえ陥《おちい》る。

「は、ぁ……なんてすごい美形！ 見ているだけで虜囚《とりこ》にさせられてしまいそう……はっ、やだ、わたしったら……部屋を間違えたようですわ……ほほほ。失礼いたします」

豪奢《ごうしゃ》な両開きの扉を開くなり綺羅綺羅しい青年に微笑まれて、マチルダはなにかの間違いだと思った。うっとり見蕩れて惚《ほう》けてしまっていたが、どうにか我に返る。堅苦しい謝りの言葉を告げて、身を翻そうとした。

(うっ、もったいないわ……こんな美形が見合い相手だったら、一も二もなく承諾するのに！ うう、いやいや美形というのは危険すぎる……)

本音と理性とが心のなかでぐるぐると渦巻いて、矛盾する思考で固まりそうになる。

正直に言えば、マチルダは美形の男性に免疫がない。

自分と同じように平凡な顔の家族を見慣れているせいで、少しでも美しい顔立ちを見ると無条件に従ってしまいそうになる危険な習性があった。

しかし、美形ならなんでも許してしまうと言うのは危険だ。マチルダの生存本能は警戒心も露《あら》わに、危険信号をひっきりなしに伝えてくる。それでいて、やはり美形を前にすると、簡単に生存本能を投げ出しそうになる自分がいるのだった。

だからこそ、美形というのはダウトだ。

美形を見たら罠《わな》だと思えと、強く強く自己暗示をかけている。

（ダメよ、マチルダ。これはなにかの間違い。そうでなければ怖《おそ》ろしい罠が待っているに違いないんだから……）

心のなかで悔し涙を流しながら、それでも、目の前の青年は自分とは無関係だと言い聞かせる。

なにせ、身分不問の見合い募集だ。さらに言うなら、相手の身分も書いていない。

しつこいくらい繰り返すが、あの張り紙の募集で、こんな美形が待ってるはずがないのだ。

美形青年の白金色の髪は肩にかかるくらいの長さでよく梳《す》かれている。天使の輪が眩しいくらい、さらさらだ。瞳は遠い北の湖を思わせる灰青色《かいせいしょく》で、見ているだけで吸いこまれてしまいそうだった。

怜悧《れいり》な印象とやわらかい印象とが交互に訪れるような不思議な魅力を湛《たた》えた顔立ちに、とくんと心臓が勝手に高鳴る。

ひと目見ただけで、彼が極上の貴公子であることは知れた。

（うん、ありえない。これ絶対ダウト）

自分はすでに見合い慣れしているのだから、こんな簡単な罠くらい見破れるのだ――マチルダは誰にともつかないドヤ顔をして、小さくうなずいた。

（百歩譲って見合い相手が成金であっても、こんな美形なら構わないわ。お父様は嫌がるかもしれないけど、わたしなら承諾する！）

たとえ爵位が高くなくても、代々続いてきた男爵位を誇りとしているからこそ、金で爵位を買う相手が許せないというのはある。どちらにしても、この青年はマチルダの見合い相手ではないのだけど、思考は勝手に妄想を進めてしまう。

くどいようだが、身分不問・相手の爵位も不明の張り紙で、まともな見合い相手が現れるなんて、ありえないのだから。

しかし、青年は長テーブルの向こうに座ったまま、顔の前で手を組んで、声を立てて優雅に笑った。

その笑い声に引き止められたマチルダに、凛《りん》とした声をかける。

「いいえ、間違ってませんよお嬢さん。案内した職員が困っているではありませんか。どうぞ部屋のなかにお入りなさい」

彼の言葉で、部屋の空気が一瞬にして変わった。

職員はぴしりと姿勢を正したし、マチルダも思わず目を瞠《みは》ってしまった。

美形だから無条件に従ったのとは違う。相手の持つ威厳に対して、マチルダの心が勝手に頭を垂れてしまったのだ。

(この人……とてもとても身分の高い人だわ……)

ほんのわずかな邂逅《かいこう》でさえ、彼の佇《たたず》まいの優雅さに圧倒される。その場の空気を掌握する力を青年は持っていた。

舞踏会などの大勢がいる場所でも自然と衆目を集める人という人はいる。

彼はまさにそういう人だと、マチルダの直感が告げていた。

貴族院の職員は、みな貴族の子弟がなっているはずなのに、職員にさえ臆するところがまったくない。

彼のような特別な空気を持った人を間近で見たのは、初めてだ。少なくとも、マチルダの身の回りにはいなかった。付き添いの母親もそうだろう。青年の空気に呑《の》まれてしまい、なにか言葉を口にすることさえできないようだった。

扉の近くでどうしたものかとまごついている。

「僕の名前はビクター・レッケンベルグ。みんなからはビクター伯爵と呼ばれている。君がマチルダ嬢だね？　はじめまして……かわいいお嬢さんと出会えて光栄だ」

感じのいい声に聞き入ってしまい、小さくうなずくのが精一杯だ。しかも、伯爵という称号に愕然《がくぜん》とさせられる。さらに、なにか警戒するような引っかかりを覚えて、マチルダはビクターの言葉を口のなかで繰り返した。

「ビクター伯爵……ビクター・レッケンベルグ……レッケンベルグ⁉」

口のなかで名前を繰り返すうちに、マチルダはようやく引っかかりの正体に気づいた。

（待って。レッケンベルグというのは確か、公爵家の名前じゃなかったかしら……でも、まさか……そんなこと、あるわけがない……）

ありえないと思いながら、じわりと手のひらに汗が滲む。

大貴族というのは爵位をいくつも持っているのが普通だ。公爵家クラスになると、複数の爵位のうち、代々、後継ぎに特定の爵位を定めている家も多い。

おそらく公爵家の御曹司であるビクターが伯爵位を名乗るのは、そういった経緯があるせいだろう。

（この方は下手をすると、伯爵位だけでなく、子爵位や男爵位も持っているのかもしれない）

たかが男爵令嬢に過ぎないマチルダには、想像を絶する世界だ。自分の想像に怯えるあまり、マチルダはごくりと唾を飲みこんだ。

貴族社会では自分が持っている爵位のうち一番身分が高い爵位を名乗るのが一般的だからだ。

（ありそう……公爵家の御曹司なら、ものすごくありえそう……！）

伯爵という身分にさえ身がすくんでいるのに、公爵家が関わっているのだとしたら、どうしたらいいのだろう。

くらりと軽く眩暈《めまい》がした。この場で意識が遠のいてしまいそうだ。

でも、この国には公爵家は五つしかない。高位貴族に疎いものでも、名前くらいはみんな知っている。

そのうちのひとつがレッケンベルグ公爵家で、軍閥の家系として知られている。

（まさか……まさかでも）

普段のマチルダが属する社交界は、男爵や子爵の子女が多く、伯爵家の人間でさえ、めったに言葉を交わしたことがない。五つの公爵家のことは国の常識として知っていても、公爵家の人の顔をマチルダは誰ひとりとして知らなかった。

身分の高い人に拝謁できるのは、基本的に爵位を持つ家長だけで、男爵令嬢クラスになると、王族でさえ細密画でしか顔を見たことがないことが多い。そして、細密画はと言えば、必ずしもその人の真実の顔そっくりとはかぎらないので、下位の貴族は王族とすれ違っても、正装でなければ、すぐにわからないときがある。それが実情だった。

案内してくれた職員が軽く咳払《せきばら》いをして、茫然《ぼうぜん》としているマチルダの注意を引きつける。

「では、ビクター伯爵、マチルダ嬢。どうぞごゆるりとお過ごしください。お見合いを終えて帰る際には、この建物の入口にいる職員にお声掛けください」

そう言うと、あとは本人たち同士にお任せと言うことなのだろう。職員はお辞儀をして、部屋を出ていってしまった。

（ああっ、ちょっと待って！　もっと説明を……説明をお願いしますぅぅぅ……ッ！）

マチルダの心の悲鳴も虚《むな》しく、職員の足音は遠離《とおざか》っていく。

あとに残されたのは、マチルダとビクター。それに、付き添いとして、マチルダの母と青年が連れている侍従らしき老爺《ろうや》の四人だけになった。

本当にこの美形がマチルダの相手なのだ。

「マチルダ、どこでこんなすごいお見合いを見つけてきたの⁉　公爵家よ、公爵家。それにすごいハンサムな方ではないの！　頑張りなさい！」

母親がうきうきとした声で耳打ちしてくる。

頑張れと言われても、なにをどう頑張ればいいのかわからないのに、いきなり母親から圧をかけられてしまった。

（お母様、むしろ助け船を……助け船をお願いします～～～）

あいかわらず心のなかで助力を願ったとしても、ビクターにうっとりと見蕩れている母親には届かない。

必然的にここは自分の力でどうにかするしかなかった。

お見合いと言うからには、なにか自分のいいところを相手に伝えなくてはいけない。しかし、そこにいるだけでキラキラとなにか眩しい光を放っていそうな美青年と、いったいなにを話せばいいのだろう。

（ど、どうしよう……どうしよう。完全に想定外だったんですけど……!?）

募集相手の身分を不問にしているのに、伯爵なんて身分の高い人が現れるとは夢にも思わなかった。仮想に考えていた見合いの問診は、もっと違う相手を想定したものだったからだ。

「あ、あのぅ……お見合い相手募集のところには、公爵家の依頼だとは書いてありませんでしたよね？」

念のため。そう、念のために、マチルダはもう一度確認してみた。

ここに来てもまだ、このお見合いはなにかの間違いじゃないかと思っていたからだ。

慎重さは美徳だ。平凡な新婚生活を手に入れるために、マチルダはなけなしの勇気を振り絞った。

「そう。公爵家として募集すると、面倒なことが多いからね。ところで、マチルダ嬢」

マチルダがどれだけ必死に話しかけたか理解してるのかどうか。さらりと質問に答えたあとでおもむろにビクターが立ちあがった。

長い足で優雅に長テーブルをぐるりと回って歩いて、マチルダの前に立つ。

「は、はい？　なんでしょう、ビクター伯爵」

間近に並ばれると、見上げるほど背が高い。

胸元にはスカーフをつけ、柄のベストを纏《まと》っていたものの、フロックコートにトラウザーズのスタンダードな盛装だ。なのに、ただそこに立つだけで体のラインから、色香が漂っているようだった。ダブルベントの入ったフロックコートの裾をひらりとはためかせて歩いてくるところも、まるで絵に描いたように美しい。

女性的な美しさではない。男性にも色香が漂う魅力があるのだと、彼を見て初めて知った。

美形に免疫がない身としては、整った顔をほころばせるだけで目の前に星が飛びそうなのに、振る舞いからも漂う色香に悪酔いしてしまいそうだ。

眩暈がすると言うより、ビクターから漂うオーデコロンが妖しい媚薬《びやく》に感じられるくらい、くらくらしている。

正直に言えば、マチルダの目は完全に彼の振る舞いに釘付《くぎづ》けになっていた。

（な、なんでこんな方が身分不問の見合い相手を募集していたのかしら？　どう考えても、見合いなんてしなくても立っているだけで女性が入れ食い……いえ、近寄ってきてひけを切らないと思うのですけど、どうして⁉　どうしてなの⁉）

繰り返し、頭に浮かぶのは困惑ばかりだ。

何度も何度も同じ疑問が頭をよぎっては、ビクターの色香にかき消されていく。

でも、このときのマチルダは色香に惑わされるほうが強くて、気づいていなかった。困惑は、すなわち、自分の頭の片隅から発せられる警戒なのだ。

つまり、マチルダはビクターに惹かれながらも、冷静な部分では危険だと感じとっていた。

そもそも、偶然、手にとった張り紙だったから申しこみをしたが、同じ内容が掲示板に貼られていたら、マチルダだってもう少し警戒したはずだ。

だって婚活仲間の令嬢たちはみんな知っている。自分の爵位を明かさない見合い相手の募集は、危険だと言うことを。

まともなお見合い相手と巡り会えることは、ほとんどないと言い換えてもいい。

（こんな……こんなまともなお見合い、わたしの人生で今後二度とないかもしれないわ！）

近づいてくるビクターを見て頬が熱くなる。頭もくらくらする。でも、この見合いを逃したくない。

マチルダは必死だった。

だから、声が震えそうになるのを堪えて、ぐっと腹のところで組んだ腕に力をこめる。

「あ、あのう……大変失礼ですけど、率直におうかがいしますわ。伯爵は結婚相手にどんな条件をお求めですの？」

なにかとてつもなく変なことを要望されたらどうしようと思いながら、慎重に話しかけた。

これまでの経験から、相手の希望は重要だと知っていたからだ。

(何回思い出しても、愛人になれと言われたお見合いは本当に最悪だった……年老いた伯爵が相手なのはまだいい（よくないけど）。でも、こちらが初婚の話をしても、相手とは全然噛みあわなくて……挙げ句、欲しいのはただの愛人だなんて言われて……)

過去の記憶を思い返すと、見合い中にもかかわらず遠い目をしたくなる。

もっとも、ビクターから「愛人関係でも構わないか？」と聞かれたら、こくこくとうなずいてしまいそうな自分がいた。美形を見ると、冷静な算段が吹き飛びそうになる。

それに、ビクターと目が合って微笑んでくれた瞬間は、マチルダにとって衝撃だった。

なにか電流が体に流れたのではないかと思うくらい、これまで感じたことのない感覚に襲われていたのだ。

（一生、囲ってもらえるなら、この方の愛人だって構わないかも……ううん、冷静になって、マチルダ。気をしっかり保つのよ。平凡な結婚生活！　普通の新婚！　それこそがわたしの野望なんだから！）

美形のきらきらオーラに流されてはいけないと、自分で自分に言い聞かせる。

しかし、実際にビクターが口にしたのは、マチルダが想定していたどの言葉とも違った。

「結婚相手の条件なら、募集に書いておいたと思いますが？」

ビクターは不思議そうな声でそう言ったのだ。

かすかに首を傾げる角度も、気品と色気を帯びているから目のやり場に困る。

意地悪をしているという様子ではない。ビクターからは、心の底からそう思って口にしているという気配が濃厚に漂っていた。

確かになにか書いてあった。あまりにものぼせあがっているせいですぐには思い出せないが、身分不問以外にも条件はあったはずだ。でも、実際に見合いをしたときには、張り紙とは違う要望を出されるのが常だったから、形式的に尋ねただけだった。

予想外の返事に、半ば、拍子抜けしたせいだろう。マチルダはこのとき、ビクターの目が鋭く剣呑《けんのん》な光を帯びたことに気づかなかった。

それこそがマチルダがもっとも警戒すべき危険な兆候だったというのに。

「確認してもよろしいか？　マチルダ嬢」

「え、ええ……？　もちろん……」

なにを、と問いかけることなく、マチルダはうなずいた。

手をとられたのは自然な仕種だったし、ビクターの口調には、他人を従わせることに慣れた者特有の押しの強さがある。つまり、断る選択肢はマチルダにはなかった。

あえて言い訳をするなら、ビクターに手をとられたせいで心臓が大きく跳ねて、まともに思考できる状態ではなかったのだ。

美形が手をとる仕種というのは、あまりにも絵になる。免疫がない娘を手玉にとるくらい簡単だ。すぐそばにいる母親だって、ビクターが近づいてきて「まぁ……」と感嘆の声をあげていたから、彼の行為は手の甲に挨拶のキスをするためだと思ったのだろう。

そのぐらい、ビクターの所作は完璧だった。

突然マチルダの手から、手袋を剥《は》ぎとるまでは。

「ふえっ⁉」

身分が高い人を目の前にしているにしてはありえない、変な声が思わず漏れる。

それでも、まだ、手袋にキスをするのが嫌だったのかしら、などと自分に都合のいい解釈をしていた。彼の口からお見合いの席ではありえない言葉が出てきたとしても。

「ああ……貴族院の職員が言っていたとおり……桜貝のように綺麗な爪だ。爪半月も、甘皮もほどよく、伸びすぎず深爪でもなく……完璧だ！」

ビクターはフロックコートのポケットからルーペをさっと取り出したかと思うと、滔々《とうとう》とそんな言葉を呟きはじめた。

（……なにかのおまじないかしら？　それとも、ちょっとした魔除《まよ》けの呪文？）

完璧などという褒め言葉は、自分には無縁な言葉だ。

そんな強い先入観があったから、マチルダは、ビクターが口にしたのは、自分への賛辞ではないと思っていた。そもそも、彼の言う言葉は半分も理解できなかったし、自分に話しかけているとも、自分への賛辞だとも思わなかったのだ。

（身分の高い人がやることはよくわからないわ。とりあえず、笑っておけばいいかしら？）

大変失礼ながらも、そんな呑気《のんき》なことを考えていた次の瞬間のことだった。

いったいなにが起きたのだろうと考えるまもない。しかし、確かにビクターが舌を伸ばし、べろり、とマチルダの爪を舐《な》めたのだった。

「ひぃ、ぁあああぅっ⁉」

ぎょっとして悲鳴をあげたとして、マチルダになんの非があっただろう。

「ほどよく硬く、気になる縦線もなし……それに仄《ほの》かにいい香りが……」

くんくんと指先の匂いを嗅がれたかと思うと、舌先で敏感な指と指の間を舐められて、限界だった。

「いやぁぁぁああああっ！　変態ぃぃぃぃぃっ‼」

マチルダの手はばちん、とビクターの頬を叩《たた》いていた。

それはもう、頬が赤くなるくらいの勢いで。

だって爪に舌の感触がするなんてありえない。妄想したことはないし、今後もすることはないだろう。奇妙な生物の触手のごとき感触は、いますぐにでも忘れたい。

（ううん……これは全部、わたしの妄想。都合のいい夢。すべては目が覚めれば消えるのかもしれない……）

ふぅっと意識が遠のきかけた瞬間、

「マチルダ！　ビクター伯爵になんてことをするの⁉」

母親が非難する声で、はっと我に返った。

意識をしっかりと保って目を瞠れば、頬を抑えたビクターが、茫然とした顔でマチルダを眺めている。少し離れた場所でビクターの侍従はぎょっとしていたし、叫んだ母親の顔は青褪めていた。自分が失敗したのだと気づく。

（嘘《うそ》。こんな美青年相手なら、どんなことでも耐えられると思ったそばから……）

反射的に手が出てしまった。

自分でも止める暇なんてなかった。

でも、唐突に爪を舐められたことなんて人生で初めてだし、頭はまだパニックだった。

それでも、自分がやらかしてしまったのだとはわかる。わかっている。

「も、申し訳ありません。ビクター伯爵…………っ、失礼いたします！」

心がぐしゃぐしゃになったまま、マチルダはお詫《わ》びに体を屈《かが》めるお辞儀をして、その場からすばやく立ち去った。

「ちょっ、マチルダ！　どこに行くの⁉」

母親の引き止める声が背後から追いかけてきたのも耳に入らない。正直に言えば、なんでそんな行動に出たのか、自分でもわからない。でも、ひとりになりたかった。いますぐひとりになって暴風雨のように荒れ狂う心のままに、ただただ泣いてしまいたかった。

（ああ……もう。わたしのバカバカ！　どうしてこうなの……どうして我慢できないの⁉）

驚いてしまうと考えるより先に悲鳴をあげて、手が出てしまう。その癖のせいで、いままで何度も婚活パーティで失敗してきたのだ。

（ああ、今回もきっと、破談だわ……）

ほんのわずかしか話をしていないし、自分が悪いのもわかっている。それでも、恋をして告白する前に振られてしまったような心地にさせられる。

一目惚《ひとめぼ》れというのは、きっとこういうことを言うのだろう。

ビクターと目が合って、マチルダに微笑んでくれた瞬間、なんともいえない、かぐわしい花がいっせいに咲いたようないい香りがした。そんな気がした。

恋のはじまりというにはあまりにも淡く、他人に話しても信じてもらえない気がしたが、それでも確かにマチルダは彼の微笑みに惹かれていた。

ただ美形だからというだけではない、言葉にしがたい運命のようなものを感じていたのだ。

（でも、もう終わり――）

お見合いのときには、いつも相手に恋をしている気分でいようと、そう決めていた。なのに、恋を育てるどころか、自分から破談にしてしまった。

（こんな哀《かな》しい失敗ってあるかしら……ああ、わたしのバカバカ……）

平凡な結婚。普通の新婚生活が、ただただ遠い。

（ああ……とってもとってもいい見合い話だったのに――）

泣いている娘に追い打ちをかけるように、追いかけてきた母親からも、さんざん苦情を言われてしまった。

「伯爵様なのよ、マチルダ。しかも、あんな素敵な相手なんて、もう二度と現れないわよ?

指をひとつふたつ舐められるくらいで手を出すなんて！」

「まったくもってお母様のおっしゃるとおりです……」

意気消沈したマチルダは、さすがにしばらく貴族院に出かける気力はなかった。

† † †

しかし、お見合いに失敗したからといって婚活適齢期は待っていてはくれない。

悲嘆に暮れたマチルダが部屋に籠もっていたのは数日のこと。

婚活仲間のベアトリクスから、

「パーティ形式のお見合いがあるからいらっしゃいよ。いい人を紹介するわよ」

そんな誘いを受けたマチルダは、ふたたび婚活の戦場へと舞い戻った。

(失敗したんだから、ビクター伯爵とのお見合いのことはもう忘れなくちゃ……)

そう自分に言い聞かせながらも、いまだに十分引きずっていたマチルダとしては、気分転換の軽い参加のつもりだ。今日は頑張りすぎないようにしようと、心に決めて家を出る。そのほうが緊張しないし、失敗も少ないはずだ。

誘われた婚活パーティは、とある伯爵家で開かれていた。

昼間のガーデンパーティと同じだ。

庭を散策したり、テラスでお茶を飲んだりしながら、目当ての相手と会話をする方式で、違うのは参加者が若い独身貴族しかいない点くらいだった。

こういう大人数の会は気軽に参加できる反面、マチルダのように取り柄のない人間は、うまくいったためしがない。誘ってくれたベアトリクスは美人で、その隣にいると、マチルダはただの引き立て役も同然だった。

（いつもは並んで歩きたくないけど、今日はちょうどいいわ。まだなにがなんでも頑張れる気分ではないし）

そんなふうに思いながら、窓が開け放たれたサロンで話に興じる青年たちを、ぼんやりと眺めていた。

今日の令嬢参加者の目玉は伯爵令嬢であるベアトリクスだろう。当然のように、青年たちの視線はマチルダを素通りして、彼女に集まっている。

一方で、男性側はと言えば、令嬢たちの視線を集めているのは、メルベリー子爵という若い軍人のようだった。王太子殿下に仕える彼は若くして子爵家の家督を継いでおり、見た目も精悍《せいかん》な青年だ。

見た目と年齢、それに身分が揃《そろ》った青年貴族はどうしたって人気が高い。

そんな彼を紹介してくれると言うのだから、今日のベアトリクスは気前がいい。

（昔から気まぐれに面倒見がいいんだから……）

マチルダが落ちこんでいるときにお節介を焼いてくれるのは、ありがたいのかどうなのか。

「元から紹介しようと思っていたのよ。あの人、マチルダに合いそうだから」

ベアトリクスの手招きに応じて、メルベリー子爵がほかの青年たちと会話する輪に近づいたときだ。

「やはり一流の調香師の香水をつけているのが一流の令嬢だろう。ハーブくさい女は田舎くさいぞ」

偶然にも彼が話していた内容が聞こえてきて、すぅっと体の血が引く。

マチルダは自分の屋敷の畑からとれたハーブの香りを身につけている。いまから紹介されようとした相手から、事前にダメ出しをされたも同然だった。

香水もハーブの香りを調合してあるが、もっと複雑な香りのものが多い。

しかし、一流の調香師に香水を頼むのは、とても高かった。娘の婚活に十分な資金を準備できる家でなければ、最新の香りをつねに用意できないのが実情だ。

マチルダは今日、お金のかかる香水を身につけてきていなかった。

王宮の舞踏会ならいざ知らず、もっと気軽なパーティだと思っていたからだ。

（ダメ……無理。わたし本当に田舎くさい小娘なんですもの……）

「ローウェル男爵の娘で、マチルダと申します。以後、お見知りおきくださいませ」

どうにか礼儀に適《かな》った挨拶をしたものの、心は彼の前から逃げ出したかった。

こんなささいなことで挫《くじ》けていたら、婚活なんて成功するわけがない。

（耐えないと……ビクター伯爵の前で失敗したばかりなんだし、田舎くさいって目の前で言われても微笑んで見せないと……）

それが田舎者の男爵令嬢の心意気だと自分を無理やり鼓舞させたものの、メルベリー子爵という人は、どうもマチルダの苦手なタイプのようだった。なるべくおとなしくやり過ごそうと、ろくに質問もせずに訊《き》かれたことだけに答えていたら、それが逆に災いしたらしい。

どうやらメルベリー子爵に好感を抱かれてしまったようなのだ。

「本当はあまり派手な場所に来るような女性は苦手なのです。でもマチルダ嬢は控えめな女性のようだ」

「は、いえ……そ、そんなことは」

口が勝手に拒絶の言葉を呟きそうになってマチルダは焦った。

（なにを言い出すの!?　こんな好条件の相手なんてめったにいないわよ。もちろん、先日のビクター伯爵には負けるだろうけど……）

あれはほとんど事故のようなものだった。

幸運な事故。たまたま遭遇してしまったけれど、早く忘れたほうがいい突発事故だ。

マチルダのなかではそんな位置づけに収まっていた。

自分の失態を早く忘れたいのもそうだったが、ビクターのことをうかつに思い出すと、この先のお見合いに支障をきたしそうだったからだ。

（ああ……あのとき扉を開けて微笑んでくださったときのビクター伯爵は素敵だった……なんて思い出してはいけないわ。忘れましょう、マチルダ。あれはもう終わったことよ）

そう思おうとするたびに思い出してしまうのがよくない。

自分で台なしにしたのに、往生際が悪い。

流れのようにメルベリー子爵からダンスに誘われ、軽くステップを踏む間もマチルダは目の前の相手に集中できなかった。いつ身につけているハーブのことを指摘されるのかと思うと、気が気ではなかったのだ。

おかげでメルベリー子爵の話を聞きそびれていた。気がついたときには、取り返しがつかないほど話がすれ違っていたのだ。

「今度の王太子殿下主催の舞踏会、マチルダ嬢はもうお相手は決まっているのかな？　よければ俺と一緒に参加してくれないか？」

「王太子殿下主催の……舞踏会ですか？」

マチルダは驚くあまり、ぱちぱちと目をしばたたいた。

王太子殿下主催の舞踏会ということは、つまり王宮の舞踏会ということだ。

まだ独身の王太子殿下のために開かれる舞踏会のことは、マチルダも話として聞きおよんでいる。しかし、自分とは縁がない話だと思っていた。王太子殿下のお相手として招かれるのはもっと身分が上の令嬢だし、パートナーとして参加する予定などあるわけがない。王宮主催の舞踏会に家族以外と出席するのは、正式な婚約者として披露されるのと等しいからだ。

（そ、それはちょっと……いきなりすぎではありませんか⁉）

自分だって婚活をしているくせに、いざことが運びはじめると動揺してしまうのはマチルダのよくない癖だ。

一瞬マチルダが言葉に詰まったのを、どういう意味だと受けとったのだろう。

「君は遠慮深い人だな。心配しなくても大丈夫だ。俺はちゃんと招待されているから、パートナーとして来てくれるだけでいい」

どうもあさっての方向に話が進んでいった。

（いや、待って。そうではなくて、まだ会ったばかりですし、遠慮する以前に誘われたことに驚いているだけです～～～）

勝手がわからない令嬢側としては、あるていど強引に話を進めてもらうほうがありがたいときもある。メルベリー子爵の話の進め方だって、好感を持つ令嬢もいるはずだ。

（お見合いで会ったばかりでも意気投合すれば、すぐに結婚することももちろんあるのよね。だからなにもおかしくない……おかしくないけど、わたしにも意見を聞いてくださるとうれしいです～～～）

このぐらいの意見の相違は普通にあることだろう。ここはひとつ勇気を出してお断りしていいだろうか。

あまり贅沢《ぜいたく》を言える身ではないとわかっている。でも、少し考えさせていただきたい。

（わたしごときにはもったいない、ものすごくいいお話なのは重々承知なのですが……）

近づかれると、身につけてるハーブの香りを悟られてしまう。田舎くさい小娘だと知られてしまう。

前のめりに近づいてくるメルベリー子爵を前にして、マチルダはじりじりと後ずさりした。

「それともドレスのことを心配しているのならこちらで準備しよう。俺のほうから誘ったのだから」

（大変ありがたいお話なんですけど、その前にわたしの意志をですね……ああ、ダメ。わたし、この方、少し苦手かもしれない！）

父親が持ってきた話で、苦手な相手だったらどうしようとさんざん考えたことはある。どのていどのことだったら我慢できるのかと、妄想のなかで訓練してみたことも。そのときは、相手が若ければたいていのことは我慢できると思ったはずなのに、現実となると簡単にはいかない。断りの言葉も思い浮かばないまま、マチルダは軽いパニックに陥っていた。

（婚活は忍耐と妥協が肝心……わかっています。わかっているけど……）

――『やはり一流の調香師の香水をつけているのが一流の令嬢だろう。ハーブくさい女は田舎くさいぞ』

あの最初の一言が。面と向かって言われたのではないだけに本音めいた一言が。

どうしても、受け付けなかった。

（あの一言さえ聞かなければ、なんということはなかったのに……）

マチルダが運命の悪戯《いたずら》を呪っていると、すっと背の高い人影がよぎった。

ふわりといい香りが漂う。

ふたりで話しているところにやってきたのだから、当然のようにメルベリー子爵に用があってきたのだろうと、マチルダが顔を上げたときだった。

「すまないが、王太子殿下の舞踏会でのパートナーなら僕が先約だ。マチルダ・ローウェル男爵令嬢、そうだろう？」

キラキラとした美青年がマチルダに手を差し出していた。

日の光に輝く白金色の髪に、整った美貌。柔和な微笑みを浮かべている青年の周囲には、さながら、優雅な薔薇が咲きほこる妄想が見える。

見間違えるわけがない。先日マチルダが頬を叩いて破談にしてしまったビクター伯爵その人が立っていた。

（な、なぜ、こんなところにいらっしゃるのかしら……）

公爵家の御曹司が参加していたなら、絶対にベアトリクスが見逃すわけがない。

ただでさえ、ビクターは存在感がある。マチルダとメルベリー子爵が呆然《ぼうぜん》としている間にも、めざとい令嬢がビクターの出現に気づいて色めきたっていた。

「ちょっと見て、あれ……ビクター伯爵じゃない？ 声をかけに行かない？」

「ビクター伯爵ってレッケンベルグ公爵家の？ 嘘。婚活パーティになんて顔を出される方じゃないでしょう？」

ちらちらと秋波《しゅうは》を送られていることに気づいているのかどうか。

ビクターはにこにことマチルダが手をとるのを待っている。さっきまで流れていた緊張した空気さえ、ビクターのマイペースな笑顔が吹き飛ばしてしまっていた。

（なんとなく……お手をする犬を思い出してしまうのは不謹慎かしら……）

マチルダがそんなことを考えているのを知る由もない。

「ちょっと待ちたまえ。俺が彼女と話をしていたんだぞ」

メルベリー子爵がビクターとマチルダの間に入ろうとすると、ビクターの手がやや強引に、しかし紳士的にマチルダの腰をエスコートして、体を自分のそばに寄せた。

「先約だと言っただろう。それとも、王太子殿下に後ろ盾になってもらうか？」

ビクターが挑戦的な顔つきで宣言したとき、メルベリー子爵は初めてビクターが誰だか気づいたようだ。はっと顔色をなくして、一歩下がる。

権力をかさに着るようなタイプには見えないのに、ビクターは自分の身分の価値をよくわかっているようだ。

（同年代の人のなかでは、自分より身分が高いのは王太子殿下だけ……ビクター伯爵はそのことをよくご存じでいらっしゃるんだわ）

マチルダが妙なことに感動しているうちに、ビクターのエスコートでひと気のないバルコニーへと連れ出されていた。メルベリー子爵と離れてほっとしたのに、どこかしら罪悪感のようなものが胸を咎《とが》めていたせいだろう。

「よかったのでしょうか……」

マチルダは肩越しに振り返った。

「彼に強引に迫られているように見えたけど、違ったのかな？ 迷惑だったらすまない」

「あ、いえ……困ってはおりました……ありがとうございます。ビクター伯爵」

素直にお礼を告げる。

うれしかったことはうれしかったからだ。ただ、とても驚いただけで。

「それに、僕のほうが先約だったのは事実だし……男爵家に見合いの返事を出そうとしたら君が婚活パーティに出かけたと言うから、追いかけてきたんだ」

マチルダの困惑に気づいているのかどうか。ビクターはなんの気なく言う。

「お見合いの返事……ですか？」

（え、こんな場で……正式に断られてしまうの？ ううん、待って。そういえば頬をはたいてしまったことを正式に謝罪してなかったかも）

マチルダのなかで、ビクターの口から拒絶の言葉を聞きたくないと思ったのと、謝らなくてはという気持ちがぐるぐると鬩《せめ》ぎ合って、最後には申し訳ない気持ちが勝った。

「も、申し訳ありません！ 突然、平手打ちしてしまい……」

マチルダが頭を下げた瞬間、どういうわけか目の前の影がすっと消えた。きらきらと日の光に輝く髪が、頭上ではなく、なぜか目線の下にある。

気がつけば、ビクターがすっとマチルダの前に跪《ひざまず》いていた。

「え？　ええっ、ビクター伯爵、なにをなさってるんですか⁉」

立ちあがってくださいと伸ばした手を掴まれ、今度は手の甲にやさしくキスをされる。

今日は爪を舐められたりしない。

淑女に対する儀礼的な挨拶のキスだ。

「女性に求婚するときはきちんと手順を踏みなさいというのが、我が公爵家の教えなんだ。マチルダ・ローウェル嬢、僕のお嫁さんになってくれませんか？」

「はい？」

跪かれたまま片手を掴まれてのプロポーズをされて、マチルダは今度は違う意味で固まってしまった。

「あの、わたし……え、ええ……⁉」

（求婚・プロポーズ・お嫁さんになってください……それってそれって……わたし？　待って。ビクター伯爵に、わたしはプロポーズされているの⁉）

まさか。いやでもいまのはそういう意味に聞こえた。でもここで返事をして、もし違っていたらどうしよう。

自分で言うのもなんだけれど、小市民な思考が先走って、それ以上の言葉が出てこない。しかし、ビクターはマチルダを急《せ》かすでもなく、ただ返事を待ってくれていた。

昼日中の光を浴びて、ビクターの白金色の髪はきらきらと輝いている。

フロックコート姿の正装した男性に目の前で跪かれるなんて初めてだ。

でもビクターはまるでそれが当然のような顔をしている。待っている間も、嫌な顔なんておくびにも出さない。だからだろうか。いまこの瞬間が、やけにきらきらと輝いて見えた。

遠くで鳥が鳴く声さえも、自分たちを祝福するために鳴いたかのようだ。

どきどきする。こういう日が来ることを夢見ていたのに、実際にやって来るとなると、気が利く返事なんてなにも思い浮かばない。

「今日の婚活パーティはその……ビクター伯爵のことを叩いてしまったから、てっきり破談になったものとばかり思いまして……」

マチルダはすぐに部屋を飛び出したが、母親はちゃっかり返事をしていたのだろうか。怒られた記憶はある。しかし、貴族院の職員に返事をしていたかどうかは確認していなかった。

ビクターはマチルダの告白を「あはは」と屈託なく笑って立ちあがる。

目の前に立たれると、背が高い。

なのに、にこやかに笑っているせいか威圧感はなかった。

「驚きはしたけど、破談にするほどではないよ。僕が悪かったと、あのあとハウゼンからも注意されたし……それで、僕の求婚なんだけど、受けてもらえるかな？」

「あ、あの……はい……もちろんです。お受けします！　させてください！」

なぜ、と言われると言葉にはしがたくて、ほんのちょっとした言葉遣いとか、そんな理由でしかないのだろうけど、どうもビクターという人にマチルダは惹かれていた。爪を舐められたのは驚いたのだけれど、彼のことを嫌いになれない。

この人となら一緒にいたいなと思わせてくれるなにかがビクターにはあった。

そのとき、マチルダがビクターの手をとって頬を染めているところを、じっと見ている人物がふたりいたことなど、しあわせなふたりには預かりしらないことだった。

第二章　新妻初日の距離感にしては近すぎます

ビクターから衝撃のプロポーズを受けて二ヶ月後。

マチルダは侍女とともにレッケンベルグ公爵家にいた。

実家から小一時間ほど馬車に揺られ、丘に刻まれた九十九折《つづらお》りの道をうねうねと回り、ハルニレの大樹の間に構えられた門をくぐって到着したのかとほっとしたあとで、またしばらく道を進んだ先に、巨大な屋敷は聳《そび》え立《た》っている。

車寄せで馬車を降りたとたん、マチルダは唖然《あぜん》と建物を見上げた。

「うわぁ……大きなお屋敷……男爵家とは大違いだわ……ねぇ、エリー」

「……マチルダ様。お屋敷のなかで迷子にならないでくださいね」

侍女のエリーは茫然とするマチルダを諫《いさ》めるように釘《くぎ》を刺した。しっかり者の彼女は、無表情に突っこんでくるから、ときどき油断ならない。

（でも、エリーがついてきてくれてよかった……わたしひとりだったら、この場から逃げ出し

ていたかもしれないわ）

そう確信できてしまうくらい、マチルダは気後れしていた。

広い敷地に建つお屋敷は、大きいだけでなく華麗な造りだ。玄関先には公爵家のユニコーンの紋章盾が堂々と飾られており、マチルダがめったに見たことがないほど精緻な細工が施されている。異国風の大きな柱に囲まれた玄関は重厚で、その先に貴人が住むことを、やってきた客人に伝えていた。

（わたし……どう考えても、場違いじゃないかしら……）

公爵家の屋敷に来るなんて初めてだ。それも、馬車で迎えに来てもらっての賓客扱いだなんて、緊張しないほうが無理だった。

侍女のエリーは、マチルダの乳母の娘で、年は同じ。落ち着いて見えるが、世間慣れのていどはマチルダと変わりない。無表情の下で、緊張と期待とが入り混じった心臓がどきどきしていることだろう。

（でも、このお屋敷にビクター伯爵がいるんだわ……）

お屋敷の威容を見上げながら、美形の青年のことを、ふっ、と思い出す。

正直に言えば、ビクターとのことも不安材料ではある。自分の美形に対する免疫のなさで、先日も失敗したばかりだからだ。

それでも不思議なことに、ビクターのことを考えるだけで、不安より期待が上回り、胸の高鳴りも甘やかになる気がした。

お見合いのときに爪を舐められ、悲鳴まであげてしまったというのに、それよりもなぜか、目が合って微笑んでくれたときの印象が強く心に刻みこまれている。

（あれは……もしかしたら、わたしが変な妄想をしただけだったのかも）

爪を舐められたなんてことはなかった。なかったのかもしれない。そうだ、なかったんだ。

何度も自分に言い聞かせていると、本当に気のせいだったように思えてくるから不思議だ。

どうにか怯《おび》える心を奮い立たせていると、白い手袋をした指先が、ついとマチルダを招いた。

「どうぞ、こちらへ。なかで皆様がお待ちですので」

案内の先に立ったのは、お見合いの席にいた老爺だ。

レッケンベルグ公爵家の家令を勤めているという老爺は、ハウゼンと名乗った。彼が男爵家までマチルダを迎えに来てくれたのだ。

大きな玄関扉を開かれ、エントランスホールに入ると、大勢の使用人たちが出迎えてくれていた。ざざっと音を立てていっせいに傅《かしず》かれ、マチルダは悲鳴をあげそうになるのを慌てて堪える。それくらい、壮麗な光景だ。

（う、うわぁ……ど、どうしたら。どうしたら）

冷や汗が次から次へと流れてくる。

男爵家とは全然、違う。家の広さも装飾の贅沢さも桁違いだ。使用人たちの顔には、公爵家で働くことへの誇りすら漂っている。当然だろう。公爵家は使用人を厳選して採用しているはずだし、ここで働くことはステイタスなのだ。

（むしろわたし、傅《かしず》かれるより、ここでお辞儀をする側じゃないかしら？　うん、多分それが正しい）

王族に準じる公爵家では、奥方の侍女は親戚筋の娘がなることが多い。

一種の礼儀作法見習いだが、働き口を探す貴族の令嬢がなるには、最適の就職口なのだった。

（でも、違うのよね。そもそも男爵家は公爵家の親戚筋でもないし）

ともすれば、現実逃避しそうになる自分を戒《いまし》めたマチルダは、お腹《なか》のところで両手をぎゅっと組んで、キラキラと輝くシャンデリアの下を通り過ぎる。白と黒の大理石を組んだ床も、壁の装飾も、ありとあらゆることに、家格の違いを見せつけられている気分だ。

マチルダが今日着ているストライプ柄のドレスだって、ビクターから贈られてきたものだ。

後ろにバッスルがついた外出着はおしゃれで、ボレロを着て帽子を被るとき、マチルダは不覚にもどきどきしてしまった。まるで服を着替えただけで自分が貴婦人に生まれ変わったみたいだ。

ハウゼンの案内を受けているうちに、使用人がマチルダの到着を家人に知らせたのだろう。はしゃいだ声が、エントランスホールに響き渡った。

「まぁ、いらっしゃい。あなたがマチルダね！　あなた、あなた、早く来て！　ビクターのお嫁さんが来てくれたのよ！」

正面の階段から下りてきたのは、小柄な貴婦人だ。さらには、羽を広げたような階段の一方から髭《ひげ》を蓄えた紳士も下りてくる。こちらは対照的にとても背が高い。

服装や話しぶりからすると、どうやらレッケンベルグ公爵夫妻のようだ。

「あ、あの……はじめまして。マチルダ・ローウェルです。ふつつか者ではありますが、これからどうぞよろしくお願いいたします……」

どきどきしながら、胸に手を当てて膝を折り、体を屈めるお辞儀をする。貴族社会では身分の高い人に対しての礼儀が欠かせないからだ。

ぎこちなくもどうにかこなせるお辞儀はさておき、名乗りはこれでよかったのかどうか。なんと名乗ったらいいかわからないから、男爵家の姓を名乗ってしまった。

(だって公爵家にやってきてすぐに、レッケンベルグを名乗るなんてできないでしょう⁉)

マチルダの心臓は、なにか失態を厳しく追及される可能性を意識して、縮こまっていた。どきどきと、不安に駆られてしまう。

やってきたばかりの嫁として、その振る舞いが正しかったかどうかはわからない。しかし、ハウゼンは小さくうなずいただけだった。公爵夫人も、マチルダの礼儀作法を気にしている様子はない。

むしろ、きらきらと期待を孕《はら》んだ瞳を向けてくる。

ひとまず、ほっと胸を撫《な》でおろしたマチルダをしみじみと眺めて、公爵夫人は、公爵に思わせぶりな視線を向けた。

「ビクターから話を聞いて、楽しみに待っていたのよ。ね、あなた」

小柄な体格に似合わぬ快活さを振りまく話しぶりからは、この結婚は、公爵夫人が主導したのだと知れる。しかし、ふたりの様子はどこかおかしい。うれしそうなのにそわそわして、困惑しているようでもあり、どこかしら必死でもあった。

(いったいどういうこと？　やっぱりわたしと一緒に住むのは迷惑だとか？)

訝《いぶか》しんだが、その理由を気軽に尋ねられるほどマチルダは図太くはない。そこまで親しい雰囲気でもない。

いまは深く追及しないでおこうと曖昧な微笑みを返すと、それで正解だったらしい。

公爵夫人の言葉に深くうなずいた公爵は、マチルダの手を掴み、がっちりと握手すると、感きわまりないという調子で告げた。

「そう……やっとあの子の理想の花嫁が見つかったと聞いて、我々がどんなによろこんだことか！　本当にありがとう、マチルダ嬢！」

「は、はい……？」

ふたりの必死さに圧倒されて、相槌《あいづち》を打つのが精一杯だ。

見えないのに、背後でエリーが首を傾げるのが、ありありとわかった。

「理想の花嫁……？　マチルダ様が……？」

わかっている。なにかの間違いじゃないだろうかと、そう言いたいのだろう。

エリーは見た目はクール系の美人で、物事をはっきり口にする性格だ。多分、いま、彼女のなかではなにか突っこみたくて仕方ないのだろう。

（エリー……公爵家に来たばかりなんだから、堪えて）

背後で手を動かし、どうどう、と侍女に落ち着くようにうながす。それで背後の気配が納得した様子はないが、続く疑問の呟きもなかった。ひとまず山場をひとつ乗り越えたと判断する。

しょっぱなから前途多難だ。

（でも……エリーの言いたいことはよくわかる。理想の花嫁って……なにかの聞き間違いじゃないかしら？）

平凡なマチルダのどこに理想の花嫁と言える要素があるのだろう。社交辞令にしても、あまりにもかけ離れているし、なにかがおかしい。

あまりにも歓迎されると、むしろ、よくない裏があるのではないかと不安を覚えた。

（でも、お父様が結婚誓約書に署名してしまったのだし、もう実家には帰れないし！）

今日、マチルダは公爵家に嫁いできてしまったのだ。

貴族同士の結婚は親が決めるし、父親が署名してしまったからには拒否できない。そもそも、早く結婚したかったマチルダとしては、拒否する理由もない。

急に決まった結婚だったから、書類上の手続きをすませただけで公爵家に移り住むことになったのも、文句を言うほどのことではなかった。

結婚式に憧れはあったが、貴族でさえ司祭を呼んで家族だけの結婚式で終わりというのは、イルミントン王国では珍しくない。お披露目は正式な舞踏会ですればいいし、僻地《へきち》に嫁ぐ場合は親戚を集めるのでさえ大変だからだ。

もっとも公爵家は、マチルダの持参金を免除してくれた上、支度金を出してくれたようで、両親はこの玉《たま》の輿《こし》の結婚を手放しでよろこんでいた。

「ほとんど売られてきたも同然の結婚ですね」

とはエリーの言葉だ。あながち否定できないのが悲しい。

一方で、しがない男爵令嬢だからこそ婚活に力を入れていたのだし、玉の輿というのは想定以上の結果と言っていい。そのはずだ。

もうマチルダの未来は安泰だ。

公爵家はイルミントン王国のなかでも収穫の安定した領地を持っており、発展した州都もある。王族に連なる家系だから、よほどの失態がないかぎり、爵位をとりあげられる心配もない。

そんなとびきりの玉の輿を手に入れたのだからと、マチルダは腹をくくることにした。

「さぁさぁ、ハウゼン。急いでビクターを呼んできてちょうだい。マチルダ、これからはわたしのことを本当の母親だと思って、仲よくしてね」

ぎゅっと両手を握りしめられて、熱く語られる。

（やっぱり歓迎されすぎのような……うっ、エリー。そんなに突っこみたそうな空気を出さないでってば……！）

エリーとは一緒に育ったから、彼女なりに心配してくれているのはわかる。

しかし、そんなにぴりぴりされると、マチルダまで身構えたくなる。せっかく苦労して気持ちを切り替えたというのに、エリーから発せられる空気でまた頬が引《ひ》き攣《つ》ってしまった。

応接間に案内されると、やけにどきどきと緊張してしまう。

（いよいよ、ビクター様とのご対面だわ）

それこそが本日のメインイベントであり、ここに至る出来事は所詮、前菜でしかない。

顔を上げたマチルダの目に飛びこんできたのは、瀟洒な部屋だった。

「う……わぁ……立派な応接間……」

思わず声が漏れた。

扉を開いた先に待っていたのは、天井が高くて広いサロンだ。そして、怖い。立派な角を持つ鹿や狼《おおかみ》。馬の頭の剥製《はくせい》が、高い壁面にずらりと並んでいる。

高位の貴族の間では、狩猟を趣味とする人が多いし、蒐集品《しゅうしゅうひん》を飾りたい気持ちはよくわかる。

（でも、ちょっと……数が多すぎやしませんか……）

公爵家の歴史を軽く見すぎただろうか。

あと、なんか剥製の隙間に、ところどころ奇妙な細密画が混じっているのは気のせいだろうか。多分、気のせいだ。

（なんだかよく見たことのある指に見えるけれど……ううん、見なかったことにしよう）

ちらり、とまだ手袋をしたままの自分の指に視線を落として、しかし、マチルダは思考を止めた。

自分の指（爪）の細密画が、公爵家の歴《れっき》とした蒐集品のなかに混じっているなんて、なにかの間違いだ。もし、なにかの間違いじゃなかったとしても、見なかったことにしよう。そうしよう。

ちらりとエリーを振り向くと、彼女も同じものを見て、思うところがあったのだろう。いつも無表情な表情をしているが、さらに死んだ魚のような目になっていた。

（わかるわ、エリー。でも、虚無よ、虚無……わたしはなにも見なかった）

風ひとつない日の湖面のように、心を波立たせるものはなにもない。そう自分に言い聞かせて、部屋の蒐集品から受ける無言の圧力と戦っていると、カタリ、と音がした。部屋の奥の、マチルダが入ってきたのとは別の扉が開く。

「ああ、ビクター様。マチルダ様をお連れしました」

ハウゼンの安堵《あんど》した声で、マチルダもほっと胸を撫《な》で下《お》ろす。

だってマチルダは早く会いたかった。彼にまた微笑んでほしかった。

夏のさわやかな風が吹いた瞬間のような、彼の微笑みを思い出すたびに、胸がきゅんとなる。

もう一度、その甘酸っぱい気持ちを味わいたかったのだ。そうしたら、なにか不穏な空気があったことも、見合いのときに異様な事態に陥ったことも、もちろん自分の失態もすべてなかったことにして許せる気がしていた。

不安な要素をすべて拭い去り、すべてをしあわせな色の絵の具で塗りつぶせる――ビクターの存在は、とっておきの切り札のように特別な力があるのだと思っていた。しかし、

「ああ、マチルダ嬢……いらっしゃい。そのドレスよく似合ってるね」

そんな言葉を発するビクターと顔を合わせたとたん、マチルダの顔は引き攣った。淡い妄想は、儚くも散ってしまう。

にこにこと笑みを浮かべたビクターは、真っ赤に染まった白衣を着ていたからだ。

「ひゃ……血っ……血が……！」

一瞬、剥製たちの群れを見てしまったのも、よくなかった。あらぬ妄想が頭のなかを駆け巡り、パニックになってしまった。

（もしかしてその血は……――）

ふぅっ、と目の前が真っ暗になって、

「マチルダ様!?」

「え……マチルダ嬢!?」

エリーとビクターの驚く声を聞きながら、マチルダの体はぐらりと傾《かし》いだ。びっくりして青褪める公爵夫妻の顔がぐるりと反転する。

（ああ、やっぱりあまりにもうますぎる話だと思った……）

――今日は人生で最良の日になるはずだったのに……。

そんなことを思ったのを最後に、マチルダの意識はそのまま遠のいてしまった。ときめきもなにも感じる前に。

（誰か……歌を歌っている……）

調子っぱずれで、歌詞も適当で……でも、楽しそうに。

マチルダも知っている曲だから、古い童謡だ。韻を踏んだ言葉遊びをひたすら繰り返してい
く歌詞は楽しいけれど、実は意味なんてない。その歌詞もところどころで一番と二番がひっく
り返っていて、でたらめだ。

なのに、どことなくしあわせな気持ちになる歌だった。まるで白い光が弾《はじ》かれて踊っている
ような、そんな歌に意識を呼び覚まされ、マチルダはぼんやりと目を覚ました。

窓から射《さ》しこむ光で、白金色の髪がより一層輝いているのが真っ先に目に入る。

どうやら調子っぱずれの歌はビクターが歌っているらしい。

微笑みながら歌っているのをぼんやり見ていたら、マチルダまで楽しくなり、自然と口元が
ほころんでいた。

（なぜだろう……いつもいつも……）

ビクターは楽しそうな空気を纏っている。その雰囲気に近づきたくて、つい目で追いかけて

† † †

しまうくらいに。

「ん……いい、匂いがする……」

目がはっきり覚めてくるにつれて、甘酸っぱい香りが鼻をくすぐった。くん、と匂いの元を探すように嗅ぐと、なおさら強く、生唾が湧いてくるような甘酸っぱさが薫ってくる。

「おなか……空いた……」

甘酸っぱい香りがあまりにも強く誘惑してくるから、思わず呟いてしまった。

すると、その声を聞きつけたのだろう。すぐそばに座っていたビクターが振り向き、マチルダに向かって笑いかける。

「目が覚めたかい？　いきなり倒れるからびっくりしたよ」

ビクターの綺麗な顔が近づいて、覆《おお》いかぶさるようにしてのぞきこんでいた。

「ひゃっ、え、ええっ……あ、はい……」

あまりに不意打ちの距離の近さに、変な声が出てしまう。

とっさに手が出なかったのは、マチルダとしては上出来だった。驚くとすぐに手が出てしまうせいで、お見合いのときも失敗したからだ。

(今度は大丈夫。落ち着いて……大丈夫……でも)

——距離が近いです。

睫毛の影が瞳に落ちるのがはっきり見えるくらい、近い。

深呼吸をして、どうにか気持ちを落ち着かせてみても、その距離の近さを意識すると、パニックとは違う意味で落ち着かなくなってきた。

ビクターの髪がさらりと流れると、ふわりと甘い香りが漂う。香水の匂いではなくて、食べ物の甘さだ。強烈に空腹を意識させられるのとは別に、あまりの距離の近さに、違う誘惑が湧き起こる。

(白金色の髪……さらさらして気持ちよさそう……)

ほんの少し。そう、ほんの少し手を伸ばせば届くところにあるのがいけない。心臓がどきどきと高鳴って壊れてしまいそうだし、自分の手はもう誘惑に負けてしまいそうだ。

触れたい。髪を撫でてみたい。

ほとんど初対面のようなものだから、そんなことをしてはいけないとわかっているし、彼に嫌われたくない。

マチルダはぐっと手で手を押さえて、自分のなかに沸き起こる衝動と戦っていた。

介抱するために、服をゆるめたのだろうか。

気づけば、訪問着用のボレロは脱いでいて、ただのドレス姿になっていた。

(きっとエリーがしてくれたんだわ)

いつもマチルダと一緒にいる侍女ならこういった気遣いをしてくれそうだ。彼女の姿を捜して部屋のなかに視線を彷徨《さまよ》わせたけれど、見慣れた姿はない。

「君の侍女なら荷物を片付けに行かせたよ。すぐに目が覚めそうになかったから……多分、侍女長が仕事の説明をしていると思う。マチルダにもあとで紹介しよう。それと、屋敷のなかを案内してあげないとね」

ビクターの声は軽やかで他意は感じられなかった。実際、エリーは公爵家に来たばかりなのだし、知らなければいけないことがたくさんあるはずだ。

（あとでエリーとふたりきりになったら絶対、突っこまれるわね……）

公爵家に来たら、ここのルールがあるだろうとは思っていた。離ればなれになるのは仕方ない。それでも、エリーが無表情の下にどんな感情を隠して仕事に向かったのかと思うと、申し訳ない気持ちになった。

ソファの上にクッションを置かれているおかげで、仰向《あおむ》けに寝転がっていても、ドレスを留めている後ろ首のリボンやバッスルが気にならないようだ。

いま気になるのは、自分の寝心地ではない。端整な顔を近づけてくるビクターのほうだ。

「あ、あの……ビクター伯爵……その、ち、近い、です……」

堪《たま》りかねて手で押し返すようにして顔を逸《そ》らしてしまった。だって正視に耐えない。マチルダの心臓は限界だ。

（そもそもなんでソファに寝てるのかしらわたしは……あっ、そうだわ）

血塗《ちまみ》れ（？）の白衣に驚いて倒れてしまったのだ。

普段、刺激がない田舎暮らしをしていると、驚くあまり卒倒してしまう令嬢が多いと聞いたことはある。しかし、自分がそんな目に遭うとは思ってもみなかった。マチルダがこんなふうに倒れたのは初めてのことだ。

（昨夜、緊張してよく眠れなかったせいだわ、きっと）

見合いが破談になったと思って、次の婚活まではじめていたくらいだったのに、ビクターから結婚の申し入れをもらって驚いた。

正直に言って、マチルダは夢じゃないかと思っていた。

でも、マチルダの父親と公爵家の間では、とんとん拍子に話が進んで、気がついたときには、すでに結婚誓約書に署名されたあとだった。

婚活は本人の努力によるところが大きいわりに、実際に結婚が決まるときはあっけない。結婚というのは家同士の契約で、本人は唐突に住むところが変わるだけなのだ。

迎えが来るから荷造りしなさいと言われたときも、マチルダはまだ信じられなかった。

エリーからも、「やっぱり貴族院が反対してダメになるかもしれませんし、突然、破談になることがあるって聞きますが、一応用意しておきましょうか」なんて言われて、それもそうかと思ってしまったのだ。

多分、うまくいかないだろう。いまこの瞬間も断りの使者が来るかもしれない。

期待しすぎる自分の心を制御していないと、本当にダメになったときに心が耐えられなくなると思って、破談になるという可能性をつねに心の片隅に置いて最後の一週間を過ごした。

なのに実際にやってきたのは迎えの馬車で、家令のハウゼンの佇まいは男爵家で見ても老練で品がよかった。

そしていま、マチルダは公爵家にいて、ビクターがすぐ手の届く場所にいる。

その幸運に頭がくらくらしてしまいそうだ。

顔は真っ赤だし、舌が縺《もつ》れて言葉がうまく出てこない。

少し落ち着いて考えてみないと、また失敗してしまいそうなほど、頭がぐるんぐるんとパニックを起こしかけていた。

「うん？　でも、マチルダはもう僕の花嫁になったんだから、このぐらい近づいても、普通だろう？」

軽く首を傾げたビクターは、するりとマチルダの手から手袋を剥ぎとって、ちゅっ、と手の甲に挨拶のキスをする。

「ふ、普通⁉　この距離が普通ですか⁉」

あっさりと言い切られると自分の価値観に自信がなくなる。マチルダは自分の普通が正しいのかどうかわからなくなり、それ以上、反論の言葉が出てこなくなった。

マチルダが身動きしなくなったせいだろう。ビクターは手のひらに唇を押し当てて、さらには、手首にもバードキスを落とした。その滑《なめ》らかな振る舞いは、自分の行動は正しいと信じている人特有の迷いのなさがある。優雅で魅力的で、マチルダに懇願するような仕種なのに、へりくだっている気配は微塵《みじん》もしない。

どんな振る舞いをするときでも、高貴さが損なわれないというのはなぜなのだろう。

たとえ一面の荒れ地であっても、一輪の薔薇が咲いているだけで、その場所が極上の庭であるかのような錯覚に陥るのとよく似ている。

間近に見る美形の色香にくらくらとさせられて、いまにもまた意識を失いそうなマチルダとは対照的だ。ビクターはちゅっちゅっと手首の敏感な肌を啄《ついば》んだかと思うと、そうして当然と言わんばかりに、マチルダの肌に唇を這《は》わせる。

爪を舐められたのと違い、触れられているのは挨拶の範囲内の場所だ。

けれども、やわらかい唇の感触が肌に伝わるたびに、胸がきゅんと苦しい音を立てる。激しいとまどいと一緒に甘やかな気持ちに襲われる。

しかも、最後にもったいつけるように爪にキスをされて、軽く舌で撫でられながら視線を向けられ、ぞくりと背筋に甘いおののきが走った。

さっきまであんなににこやかに微笑んでいたのに、一瞬あとにあまりにも真剣な顔を見せられて、どきり、と息が止まりそうになる。

悲鳴こそあげなかったものの、ビクターの動きから目が離せなくなってしまった。

「あ、あの……ビクター伯爵……て、手を、ですね……」

——手を離してほしい。

そう言いたいのに、声が震えて最後まで口にできなかった。

ビクターに触れられている場所が熱くて熱くて、苦しい吐息が零《こぼ》れてしまいそうだ。

熱くてこれ以上は耐えられないと思う一方で、離してほしくない気もする。でも、心臓が壊れそうだから、離してもらわないと困る。このままでは、自分はきっと息も絶え絶えになって死んでしまう。

そんな必死さをこめて訴えたと言うのに、マチルダの気持ちは彼に伝わらなかったらしい。

手を離してくれるどころか、ぎゅっと握りしめてきたビクターは、マチルダの上に覆いかぶさるようにしてソファの端に膝をついた。

ぎしり、と軋《きし》んだ音が響くのが、まるでなにか淫らなことがはじまる合図にも聞こえる。

「マチルダ……君は僕と結婚したのだから、ビクター伯爵はないだろう？ 今後はビクターと呼ぶように。わかったね？」

押し倒された格好で、頬に手を伸ばされながら言われたせいで、脅しのようにも聞こえる。ここで「嫌です」と言える雰囲気ではない。

なのに、むに、と頬を軽く抓《つま》まれたから、マチルダの返事は「ひゃ、ひゃい」という、変な返事になってしまった。

その返事がおかしかったからなのだろうか。ビクターはまた、にっこりと極上の笑みを浮かべる。

「よろしい。僕の新妻は素直でかわいいね」

声音までもが、やわらかみを取り戻していて、マチルダはなにかの間違いではないかと目をしばたたいてしまった。さっきまでの真剣な眼差しとの落差に、目が惹きつけられる。

これはずるい。頬が勝手に熱くなって、ビクターの視線を真《ま》っ直《す》ぐ受けていることが耐えられなくなった。

（どうしようどうしよう……わたし、変かもしれない……）

トクントクントクン、と胸の鼓動が速まるのを、どうやって落ち着かせたらいいのかわからない。ひとまず、ビクターの腕から早く逃れられないだろうか。

ひとりになって、少しだけいまの状況について冷静に考えてみたいが、無理だろうか。

「あ、あの……ビクターはく……っとと、ビクター様……?」

伯爵と呼びかけて、目の前のビクターが顔をしかめたから、慌てて言い直した。

(そんな不快そうな顔もするんだ……なんだかかわいい)

顰《しか》めっ面《つら》を見て、胸がきゅんとするなんておかしいだろうか。緊張していたのを忘れて、くすりと笑いが零れてしまった。そのとたん、

「ぐぅ〜〜〜」

とお腹が鳴った。それも、静かな部屋にはっきりと響き渡るほど大きな音を立てて。

「ふわっ……!? なんで、あ、あぁああわわ……!」

動揺するあまり、まともな言葉を口にできなくて、あわあわする。

(嘘……なんでいま。なんでよりによってこんな、ビクター様が間近にいるときに鳴るの!?)

どんなに胸が甘くときめいていても、マチルダのお腹は正直だった。

荷造りをギリギリまでしていたせいで、朝からなにも食べていない。

ずっと緊張していたせいで空腹を忘れていたのに、いまになって甘ったるい匂いにお腹が勝手に反応してしまったのだ。

(ううう……最悪だわ。神様ひどいです。ひどすぎます)

運命の神を呪ってみたところで、時間が巻き戻せるはずもない。

羞恥のあまり、穴があったら入りたい。いたたまれない気持ちで身を縮めていると、目の前の青年が動く気配がした。

恥ずかしさと引き替えだけれど、ようやくこの甘い苦行から解放されるらしい。そう思ったマチルダは甘かった。

ビクターはソファの前にあるローテーブルに手を伸ばすと、

「お腹が空いているの？　苺《いちご》ジャムのサンドイッチがあるよ。はい、あーん、して？」

にっこりと微笑んでサンドイッチを差し出したのだ。

食べやすいように小さな四角に整えられたサンドイッチは、白パンのバター混じりの香りと苺ジャムの甘酸っぱい香りを纏って、マチルダに近づいてくる。

「は？　あ、あの、でも」

（わたし、寝転がったままなのですが！）

そう言いたい。無理です。わたしにはできませんと、全身が身構えている。

なのに、にっこりと極上の笑みを浮かべられて、拒絶する言葉がどうしても出てこない。ビクターからも、甘い香りが漂うサンドイッチを差し出されたままの膠着《こうちゃく》状態だ。

彼がマチルダの心情を察して、手を引っこめてくれる気配はない。

にこにこと美形がおいしそうなサンドイッチを差し出してくる午後の一幕――はっきり言って、視覚の暴力以外の何者でもない。

「食べてごらん？　このできたての苺ジャム、すっごくおいしいから……ね？」

――食べてごらん？

その誘いかけの言葉を聞いたとたん、体の芯からぶるりと震えが走った。

ビクターの低い声がマチルダの耳朶《じだ》を甘く震わせる。

その誘惑はまるで毒のようにマチルダの体の自由を奪う気がして、動けない。思考も痺《しび》れて、ただ言われるままに従ってしまいたかった。

（苺ジャムって、もしかして、さっきのは血の染みじゃなくてジャムの染みだった……とか⁉）

緊張するあまり、自分が失敗したことに、いまさらながら気づく。

冷静になって考えれば、さすがに客が来る日に、血塗れで現れるなんてことはないだろう。ジャムまみれならいいのかと言われると困るし、そもそも普通なら、公爵家の御曹司は苺ジャムなんて作らない。マチルダが勝手に誤解したとは言え、剥製製作のほうがよほど信憑性《しんぴょうせい》があるだろう。

真偽のほどはさておき、ビクターからの誘惑の効果は絶大だった。

（うう……ずるい。こんな笑顔で言われて、断れる女子なんていないわ……）

自分の笑顔の価値をビクターはどれくらい理解しているのだろう。間近に顔を寄せられ、お腹が空いているのとは別に胸が勝手にときめいた。

でも、ソファの上に寝転がった格好で食べるなんて、みっともないでしょう。してはいけないでしょう。

そんなふうに、理性の声はマチルダのなかでずっと叫んでいたが、クロテッドクリームと苺の香りがふんわりと鼻腔《びこう》を襲ってきて、もう抵抗できなかった。

はく、と、マチルダはサンドイッチに食いついてしまっていた。

（だって、お腹も空いていたし、こんな甘い拷問……耐えられない！）

ビクターの持つ、独特の雰囲気のせいもあったかもしれない。

彼の振る舞いからは気品が漂うのに、どこかしら、マイペースだ。常軌を逸した行動をしても、許されると思っている節がある。

そのビクターのマイペースに巻きこまれて、マチルダも少しくらい、お行儀の悪いことをしてもいいのではないかと思ってしまったのだ。

口腔《こうこう》いっぱいに酸味とクロテッドクリームのまろやかな芳香が広がる。おいしい。はむはむと味わって、ごくん、と呑みこんだ次の瞬間から生唾が湧き出て、喉が鳴ってしまう。もっと欲しい。

マチルダのそんな心を読んだかのように、ビクターがくすりと笑う。

「ほら、おいしかっただろう？　じゃあもうひとつあげる。あーん、して？」

今度のは、苺ジャムと一緒に泡立てた生クリームが入っていた。生クリームはクロテッドクリームより甘くて、逆に、苺ジャムの酸味が際立つ。これもまた絶品だ。

「ふわぁ……すごくおいしい……」

まるで夢みたいだ。

極上の貴公子が極上の笑みを浮かべて、極上のサンドイッチを食べさせてくれるなんて。

（ううん……本当にわたし、天国にいるのかもしれない……）

そんなふうにも考える。

寝たままサンドイッチを食べるなんて、男爵家でやったら絶対に母親に怒られる。

なのに、ビクターがにこにこと品のいい微笑みを浮かべているから、今日だけはいいのではないかと思ってしまう。

一瞬前に、こんなことはしてはいけないと考えていたことも忘れて、のぼせあがっていた。

壁に飾られた剥製が見えない位置で寝かされているからだろうか。応接間は、入った瞬間の緊張を忘れさせるくらい居心地がいい空間に見えた。

天窓と大きなテラス窓から射しこむ光に照らされ、ソファの色合いやサイドボードの艶《つや》が浮かび上がり、まるで一枚の絵画を見ているみたいだ。

上質な応接間というのは、人を落ち着かせる効果があるのだとわかる。

いまさらながら、ビクターが柄ベストにトラウザーズというラフな格好になっていることに気づいた。

どうやら、血塗れ（？）の白衣は脱いだらしい。それはもちろんありがたいのだが、上着がないと、足の長さや腰回りのラインがはっきりと見えて、目のやり場に困った。きちんと服を着ているのにもかかわらず、上着を着ていないだけでずいぶんと砕けた印象を覚える。白いシャツからのぞく手踝《くるぶし》や腰の線が誘うような色香を発していて、妙にどきどきさせられる。

お見合いのときのフロックコート姿とずいぶん違う。

マチルダにも兄はいるが、跡取りの兄とはあまり親しくないし、なによりローウェル男爵家の顔立ちはお世辞にも整っているとは言えない。悪くはないが、普通。特筆すべきところがなく、それが逆に好感が持てるという相貌が一族の特徴だ。

以前にも思ったが、ビクターの顔のよさは凶器だ。こうやって間近に迫られると、なおさら痛感させられる。ちょっとした彼の仕種にどきまぎさせられてしまい、困っていた。

（ううう……困ってしまうけど……でも、うれしい）

彼の堅苦しい姿しか知らなかっただけに、普段の姿を垣間見て、急に親しくなったような錯覚に陥る。まだマチルダのほうから心の距離をつめるのは難しそうだが、ビクターの新しい一面を見られて悪い気はしない。

なにより、眼福である。

（ちょっと照れくさいけど……こういう姿も新鮮だわ……）

真っ赤になって固まりながらも、頬はゆるみっぱなしだ。

むず痒《がゆ》い気持ちをどう言葉で表したらいいのかわからない。でも、胸が仄かにあたたかくなる。

ビクターと目が合うと、自分も微笑みを返したいのに、むず痒い気持ちのせいで、うまく視線を合わせることができなかった。こんなに男性とお近づきになったのは初めてで、マチルダの普段の行動様式では対応できないせいだ。さらに言うなら、ビクターの行動はやっぱり、想定外だった。

「あ、マチルダ。口元に苺ジャムがついてる……ちょっとじっとしてて」

何気なくそう言ったかと思うと、ちゅっ、と唇をマチルダの口元に寄せて、苺ジャムの食べ残しを舐めとってしまったのだ。

（な……なに⁉　いま、なにが起きた……⁉）

――キス、されてしまったような。

なのに、ビクターは平然としたままだ。「ほら、とれたよ」と当たり前のように言って、にっこりと笑う。

その笑顔がどれだけマチルダにとって破壊力があるのか、まったく意識していないのだろう。

マチルダの心臓も心の許容能力も、もう完全に限界を超えてしまっていた。

なのに、見上げるビクターはまだなにか訴えたそうな顔をしている。その声にならない言葉をなぜか知っている気がして、ビクターの灰青色の瞳に吸いこまれそうだと思った。実際、思うだけでなく、吸いこまれていた。

「ん……んぅ……」

ビクターの整った顔が近いなと思ったときには、わずかに傾けられて、キスされていた。

触れる唇がやわらかい。いい匂いがする。

(苺ジャムの甘い香りだけじゃなくて……ビクター様の匂いがする……)

甘ったるい苺とは別に、オーデコロンの優雅な香りが鼻をくすぐった。

どきどきした。髪にそっと指を挿し入れられるのも心地いい。

ビクターの手がマチルダの手をとり、親指の腹で爪を撫でるのにも、鋭敏に感覚を呼び覚まされた。ぞくりと体の芯が震える。

唇の感触が頬から首筋のほうへと動いていくのを、マチルダは為す術《すべ》もなく受け入れてしまっていた。一瞬、びくんと体が大きく跳ねる。

だって首筋を他人に触れられるのは初めてだ。唇が蠢《うごめ》くと、急所を他人に触れられることへの生理的な不安と、それでいて体の芯が火照るような愉悦とが同時に襲ってきて、マチルダはとまどうしかなかった。

（もしかして、わたし……ソファに寝かされているだけでなく、実際に押し倒されているような……？）

しかも応接間で。

広くて華麗な装飾に囲まれた状態で。

もちろん、見えないと言っても、動物の剥製もある部屋のなかで。

（いくら、正式に結婚したと言っても、さすがにふしだらすぎじゃないでしょうか）

マチルダの羞恥心が振り切れるのと、これまで築いてきた常識が悲鳴をあげるのとで、さすがにビクターに流されそうになる自分を必死に止めた。

「く、くすぐった……ま、待って、ビクター様！　ひ、昼間からこんなこと……し、してはいけないでしょう？」

抵抗しながらも、その声音は弱々しい。

瞳は潤んで頬は真っ赤なまま。間近に迫るビクターの綺羅綺羅しさにいまにも陥落しそうだった。それでいて、マチルダのなかで無理だと叫ぶ声を無視できない。

だって、いけないはずだ。

少なくとも、マチルダの倫理観はそう訴えているし、なによりいきなり急にビクターに迫られて、どうしたらいいかわからない。心の準備ができていないから、頭は真っ白だ。気を抜いたら意識が遠のくか、ビクターの頬を叩いてしまうか、なにやらやらかしてしまいそうで、この状況は危険だという警戒音がひっきりなしに鳴っている。

なのに、マチルダの必死の制止を聞いたビクターは、不思議そうに首を傾げただけだった。

「なぜいけないの？　僕とマチルダは夫婦になったわけで、昼間から情事に耽《ふけ》っていたとしたって誰も怒らないよ？　むしろ、公爵家としては推奨される行為だよ」

「は？　推奨？」

「そう。だって子作りは一族にとっての重要な行事だからね。僕はレッケンベルグ公爵家の跡取りだから、僕と結婚したマチルダはどうしても僕と子作りする義務が生じる。それはもちろんわかっているよね？」

マチルダはこくりと小さくうなずく。

もちろん、一応理解してきたつもりだ。それにしたって、着いた早々、昼間からはじめると思っていなかっただけで。

誰も怒らない。そう言われてあたりを見回してようやく気づいた。

侍女のエリーだけでなく、いつのまにか周囲には誰もいない。当然のように、ビクターとマチルダを怒る人もいなかった。

（もしかして、エリーだけでなく、公爵夫妻やハウゼンさんもいないってこと？）

どのくらい意識がなかったのだろう。確か大きな柱時計があったはずだと首を巡らせれば、それが抵抗の仕種《しぐさ》だと思われたらしい。ビクターはマチルダの肩と腰に手を回し、体をソファに押し返した。

「ダメだよ、マチルダ。君はもう僕のものなんだから……逃がさないよ？」

頭上から降ってくる声は極上の甘さを孕んで、マチルダを誘惑する。

唐突に振りまかれた色香に頭の芯が甘く痺れて、くらりと眩暈がした。

（逃がさないよと言われても、に、逃げるつもりなんて毛頭ありませんとも。でもいまは昼間ですし、そもそも今日はお見合いの延長のような顔見せではないかと思っていたわたしが間違っていたんですか？　そうなんですか⁉）

ビクターの言葉を最大限いい意味で解釈していいものなのだろうか。

彼が一段と低い声で囁くのは、マチルダが彼にとって都合のいい花嫁と言うだけでなく、少しは好意を抱いてくれていると思ってもいいのだろうか。

（ビクター様は……わたしが公爵家に嫁いできて、少しはうれしいと思ってくださっているのでしょうか？）

そんな考えを抱くことさえおこがましいと思いながらも、うやうやしく手を掴まれ、手のひらに、手の甲にキスをされると、とくんとくんと心臓が期待に高鳴ってしまう。

普通の挨拶のそれに似て、どこかしら違うキスだ。唇が肌に触れるたびに胸がきゅん、と切ない痛みを訴える。

さらにもったいつけたように、爪を舌先で舐められると、ぞくん、と得体の知れない震えが体中を駆け抜けた。

「わたし……わたし……」

確かにビクターと結婚したはずだ。男爵令嬢にしか過ぎない身で公爵家に招き入れられたのだから、間違いはない。それなのに、とまどってしまうのは、自分が選ばれた理由がよくわからないからだった。

ビクターの見た目は格好よくて、マチルダは彼にほとんど一目惚れだった。でも、客観的に見れば不釣り合いな結婚だということは重々承知しているし、マチルダはお金で買われた花嫁に等しい。だから、ビクターからは無関心を貫かれたり、逆にひどい扱いを受けることも想像していた。

なのに、現実は想像とはまったく逆だ。

ビクターの笑顔は素敵だし、声音はやさしい。

なにより触れられたところから溶けてしまいそうだ。

（甘くて甘くて……わたしが蕩《とろ》けてしまいそう……）

こんな恍惚《こうこつ》は完全に想定外で、どうやって身を守ったらいいのか、わからない。わからないまま、ただ溺れていた。

ビクターの指先に、声に、仕種に、マチルダの心臓はすっかり虜になってしまっている。

「んっ……ン、ふぅ……――」

ビクターの端整な顔が近づいてきて、唇に触れる。

こんなキスは初めてで、なのに、触れて離れた瞬間から、また触れてほしくなっている自分がいた。

「……もっと？　マチルダ」

喉の奥に笑いを孕んだ声で問われると、否定したいのに否定できない。

さらりと頬に零れ落ちたおくれ毛を掻きあげながら視線を向けられると、初心《うぶ》なマチルダはそれだけでもう頭の芯まで火照ってしまって、まともな思考ができなくなっていた。

もっとという問いかけに、どんな意味がこめられているかはうすうす察している。

腰を抱き寄せるビクターの手が熱いし、なにより結婚とはそういうものだと、母親から諭されてきたからだ。

このまま流されてしまいたい気持ちが七割。でも残りの部分では、待ってと躊躇《ちゅうちょ》する自分がいる。

（だっておかしい。まだ現実のこととは思えないのに抱かれてしまうなんて……すべてが終わって目が覚めたら、このお屋敷もビクター様も消えてしまうんじゃないかしら？）

お見合いの延長のように、公爵夫妻を交えて、公爵家のルールやビクターの考えを聞いたあとで次の段階へ――初夜へと進むのではないかと漠然と考えていた自分が浅はかだったのだろうか。

だって、聞きたい。公爵位をかさに着た結婚でないなら、ビクターが自分を選んでくれた理由が。

（たとえば単なる籤引《くじび》きで決めたと言われても……それで納得するから……）

そう思うのに、いざ口に出そうとすると、喉から言葉が出てこないのだった。

こんな押し倒された格好で「なぜわたしを選んでくれたのですか」と聞いていいものだろうか。あるいは、本当にただの籤引きだったとしても、このまま流されて抱かれることができるのだろうか。

——そもそも、ビクターに訊《たず》ねて、マチルダの納得できる答えが返ってくるのだろうか。

（お見合いのとき、確かビクター様は言っていたわ……『結婚相手の条件なら、募集に書いておいたと思いますが？』って……）

あのときの会話も盛大に歯車が噛《か》みあっていなかった。

ただし、そのすぐあとで爪を舐められてパニックになったから、噛みあわなかった会話をやり直すことはできなかったのだ。

募集の張り紙に書いてあった特記事項は、『ただし、爪の綺麗な娘にかぎる』という一文だけだ。

そのことについて、マチルダは深く考えないようにしていた。

この応接間の壁に、無数の指先を描いた細密画が飾ってあるのはなぜなのか。ビクターの指先が、なぜいとおしそうにマチルダの爪に触れ、舌先で舐めるような行為に至るのか。

——聞きたい。でも知るのが恐《こわ》い。

ビクターの微笑みの奥にある感情を知りたいのに、知ってしまったら、あとには戻れない気がして、びくびくと怯えている自分がいるのだった。

「わ、わたし……まだ、ビクター様のこと、よく知らないわ……」

知らないから怖い。心の準備ができない。

結婚したら初夜を迎えることは理解していたのに、いざ押し倒されると動揺してしまうのは、ビクターのことがよくわからないせいだ。

なのに、ビクターの指先が頬を撫でるから、彼のことだけじゃなく、自分の感情もわからなくなる。

躊躇しているはずなのに。

まだ待ってと思っているはずなのに。

その甘い指先を早くちょうだいと求めている自分がいる。

「ねぇ、マチルダ？　口ではダメって言ってるけど、マチルダの顔はとても僕を誘ってるよ。えっちでみだらで……とてもかわいい。食べちゃいたくて……もう我慢できそうにない」

マチルダが認めたくない気持ちを、完全にビクターに見透かされていた。

かぁっと頭の芯まで血がのぼる。

「か、かわいいって……」

（そんなことそんなこと……）

――もっと言ってほしい。

自分の容姿が平凡な自覚はあるけど、ビクターにかわいいと言われると、世界一かわいい女の子になったような気分にさせられてしまう。

自分の欲望と、生真面目な理性との戦いが、ぐるぐると心のなかで繰り広げられる。そうやってマチルダが固まっているうちに、ビクターの唇は首筋から耳へと這いあがっていた。

ちゅっ、とわざとらしいくらいの音を立てて、耳の裏にバードキスを降らせられる。

他人にはめったに触られないところでやわらかい唇が蠢くと、むず痒くて、たまらずに鼻にかかった声が零れた。

「んんっ、そこ、くすぐったい……」

唇で耳朶を食《は》まれると、ぞわっと全身が総毛立つ。初めての快楽に身構えるのと愉悦に震えるのと、両方が入り混じった感覚だ。

ビクターの腕のなかのマチルダは、怯えた小鳥のように、真っ赤な顔で震えるしかない。

マチルダの様子を見て、ビクターが楽しそうに笑ったとしても、それに気づく余裕さえなかった。

「耳が弱い？　それとも人に触れられると反応しちゃうのかな」

そんな言葉を呟きながら、耳におくれ毛をかけられるだけで、またびくんと震えてしまう。

「初めて爪に触れたときもすごいびくびくと反応していたよね……あのときのマチルダ。すごいかわいかった。僕はあのとき、マチルダに恋をするために生まれてきたと思ったんだ」

どきり、とした。

かわいいと言われたことも、恋をするためと言われたことにも。

ひたすら見合いに必死になっていたマチルダは、実はいままで恋をしたことがない。

出会いがなかったせいもあるが、どうにか結婚した人とうまくやっていくのだと強く思いこんでいたため、誰かを好きになる自分を想像したことなんてなかった。

貴族にとって恋なんて縁がないものだと思っていたからだ。

「恋って……？　えぇっ？」

とっさに過去の記憶が目蓋《まぶた》の奥をよぎる。爪を舐められてパニックになるあまり、手が出た瞬間のことが。

（あのお見合いのどこに恋をする要素があったんでしょうか？）

誰か教えてくれませんか。

自分のことは棚に上げて、盛大な疑問符が頭を埋め尽くす。

ビクターと目が合った瞬間、高らかな鐘の音を聞いたような気がしたのは、彼がやさしく微笑んでくれたからだ。

マチルダなら、間違っても自分を叩いた相手に恋をすることはないだろう。

「び、ビクター様は叩かれるのがお好きとか、そ、そういう趣味の方なのですか？」

びくびくと下手にでるようにして、マチルダは尋ねた。

念のため。そう、念のためだ。もう引き返す道はないとわかっているが、相手の性癖がわかっているほうがまだ対処しやすい。

鞭《むち》で打たれるとか女性から虐《しいた》げられることが好きだという特殊な嗜好《しこう》があるという話を、小耳に挟んだことはある。

婚活仲間の令嬢たちは、噂に関しては百戦錬磨だ。

そういう趣味の相手に、万が一当たったらどうしようかなどという話題に花咲かせたことがあった。エリーからはひどく呆《あき》れはてた虚無の目をされたのだけど。

(だからなの？　だから公爵夫妻は、さっきあんなに、わたしを歓迎してくれたの⁉)

マチルダが困惑して忙しく考えている間、ビクターは目の前で不思議そうな顔をしている。

「殴られるのが好き……被虐趣味ってこと？　うーん……そういうことなのかなぁ？　あ、でもマチルダ以外の女性に殴られて求婚したいと思ったことはないよ。だから、安心してね」

——安心してね。

と言われても、それのどこに安心できる要素があるのかがわからない。

それになにより、さっきから抱きかかえられるような格好で話していて、近い。近すぎる。

距離の近さとビクターの顔のよさを意識したとたん、また心臓がばくばくと高鳴った。

（もう少し、もう少し、本日初めて会うような距離感で話していただけると、ありがたいのですけど……！）

さっき一度提案を拒否されているだけに、なんと言えば解放してくれるのかわからない。マチルダは少しだけ妄想を潜めさせて、現実的な思考をする。

「あ、あのビクター様……わたし、ちょっと喉が渇いたんですけど」

これだ。生理的欲求ならさすがに無視されないだろう。マチルダはちょっとだけ得意げに小さく拳を握りしめて言った。そのときだ。

コンコン、と控えめに、でも確かな音が扉から響いた。

「ひゃん‼」

突発的な音に驚いて変な声が漏れる。

マチルダが突然の事態に弱いとそろそろ理解されたのだろう。ビクターは、大丈夫だよと言わんばかりに、すばやくマチルダの額にキスをしてから、慣れた様子で返事をした。

「ハウゼンか？　僕は忙しいんだが」

硬く不機嫌な声の返答にマチルダは「ん？」と引っかかりを覚える。

（忙しい……だろうか？　特に急を要していることはしていませんが、そのあたりはいかがお考えでしょうか）

子作りは義務だとしても、現在、不要不急の用事だとは思えない。

だから放してほしいと心の奥底で叫ぶマチルダの耳に、老練な家令が珍しくうろたえる声が聞こえた。

「それがビクター様をすぐ出せと……」

ハウゼンが返事をするのに被《かぶ》るように、高飛車な声が響いた。

「ハウゼンじゃ話にならない！　ともかくビクターを出せ」

声がしたのと、扉が開いたのはどっちが早かったのだろう。ハウゼンが申し訳なさそうに突然の来客を押さえたものか、通したものか苦悩した様子を見せている。

突然の闖入者《ちんにゅうしゃ》――黒い軍装をした青年は傲岸不遜に言い放った。

「ビクター！　今日は王宮で会議だって言っただろう！　おまえの部署の予算を削るぞ」

甘やかな空気を唐突にひっくり返されたことにも驚いたが、王宮で会議という聞き慣れない単語に、思わずビクターの顔を凝視してしまった。

「か、会議？　だ、大事なお仕事があったのですか……!?」

そんな重要な用事を忘れていたのだろうか。

マチルダのほうがあわあわして、ビクターを早く送り出さなくてはいけないのではと焦る。

ところが、ビクターは平静なままだ。現れた青年に対してへりくだるでもなく、堂々とただ肩をすくめて見せた。

「本日はずいぶん前から休暇を申請している。会議はあとから決まったのだから、当然、休みが優先だろう」

すっと、青年に相対するように立ちあがったビクターは背が高い。青年も同じくらいの身長だ。背高のふたりが己の主張を戦わせる瞬間、見えない火花が散ったように見えた。

ふん、と軍装の青年はこちらを見下すように鼻を鳴らす。

「おまえが来ないとはじめられない会議だから、絶対に出ろと昨日も言っただろ⁉」

「だから昨日も出席しないと答えたはずだ。部下に資料を持たせたし、それで十分だろ？　別にこちらの研究結果を採用しようがしまいが、そちらの自由だ。あ、明日も休みをとってるからよろしく」

そう言うとマチルダの肩を抱いて、早く帰れとばかりに青年を追い払う仕種をする。

マチルダは呆然として、されるままになるしかない。

しかし、そこで初めて、青年はビクターが肩を抱くマチルダの存在に目を留めたようだった。

「その女はなんだ？」

まるで毛虫でも見るような目で「邪魔だ。どけ」とばかりに圧力をかけられる。

いなくなれるものなら、マチルダとしてもいなくなりたい。しかし、ビクターの手がかかっているから、勝手に退出できない。

（そもそも部屋を出て、どこに行ったらいいかもわからないのに、邪魔だと言われても困ります。わたしにそんな目をされても、どうにもできません……見知らぬ方……）

ビクターに対してここまで高圧的な態度をとっているのだから、おそらくは身分の高い人なのだろう。マチルダはそう推測して、びくびくと身を縮める。

新たな客は傲岸不遜な態度を見せているが、それはビクターも同じだ。

（ビクター様は現在は伯爵と呼ばれているけど、公爵家の御曹司なのだから扱いは公爵に準じるはず……）

頭のなかで貴族社会の図を思い浮かべたあたりから、マチルダは嫌な予感がした。公爵より高い身分の人間が、イルミントン王国にざらにいるわけではない。それでも、念のためにと慎重に慎重を期して、ビクターに尋ねる。

「ビクター様、あの……そちらの方は、どなたでしょう？」

ひそりと、耳打ちをするようにして聞いたつもりだった。

けれども、静かな部屋のなかだから耳聡《みみざと》く聞きとられてしまったようだ。青年はさらに居丈高になって、マチルダをじろりと睨みつけた。

「ビクター、その女はなんだと聞いている。おまえの愛人か？」

まるで詰られているかのようだ。背が高い青年から強い口調で問われて、正直に言えば、マチルダは怖かった。ビクターがぎゅっと抱きしめていてくれなかったら、多分逃げ出していたはずだ。どこに行くのかわからずとも、とりあえずこの場からいなくなればいい。

(ビクター様……)

しっかりと掴んでくれる手があたたかい。

自分はひとりではないと言われている気がして、うれしい。

なぜそこまでしてくれるのだろう、という疑問は頭の片隅に残っていたけれど、それでも胸がきゅんとなる。

「愛人だなんて失礼なことを言うな、サウラス……おまえに見せるのはもったいないが、仕方ないから紹介してやろう。僕の妻のマチルダだ。マチルダ、聞いて驚け。この無作法な男は、実はなんと、我がイルミントン王国の王太子・サウラス殿下だ。国の未来が思いやられるだろう?」

ため息を吐きながら説明してくれたから、ビクターは真剣に言っているのだろう。

しかし、マチルダとしては聞き捨てならない。身分が高い人だろうと予測はしていたものの、相手が王族で、それも世継ぎの王子だと知って心臓が飛びあがらんばかりに驚いてしまった。

「王太子殿下!? まさか……」

遠目で拝見したことはあっても、顔を確認できるほど近づいたことはない。王室主催の舞踏会では、高位の貴族が集まるフロアには、特定の人たちしか入れないからだ。

しかし、マチルダが驚いているのと同じくらい、サウラスも衝撃を受けたようだ。

「妻って……その女がか⁉ 俺は聞いてないぞ、ビクター！ いつ結婚したんだ⁉ だいたいその女。俺の顔を知らないくらいだから身分が低いのだろう。貴族院が許すわけがな……」

怒濤《どとう》のようにサウラスが異議を唱えていると、騒ぎを聞きつけたのだろうか。

いつのまにか、公爵夫妻がやってきていて、背後から王太子の腕をがしりと掴んでいた。

「貴族院なんて……ねぇ、あなた？」

「そうだな……かわいいビクターのお願いを聞いてもらうために、ちょっと脅したり買収したりすれば、なんてことはありませんよ、サウラス王太子殿下。ビクターが結婚した報告は次の舞踏会のときにでもするはずだったんですよ、もちろん」

ふふふふふ、となにやら黒いものが滲《にじ》み出《で》るような口調で、公爵夫妻は互いに視線を合わせている。

ありがたいのか怖いのか、判別しがたい空気だ。

（貴族院を買収って聞き捨てならないことを言っていたような……）

冷や汗が流れる。

確かに公爵家くらいの権力があれば、貴族院を動かすことは可能だろう。

『侯爵以上の貴族の結婚相手には貴族院の承認を必要とする』という規則は、貴族特有の血統主義のためだ。物語のなかでは、愛を貫いて庶民と結婚するという話もあるが、実際には簡単じゃないのである。

しかし、どこの世界にも抜け道は存在する。貴族院だってなかの職員は貴族で構成されており、彼らより身分の高い貴族から圧力をかけられれば、逆らえない。公爵夫妻はビクターのために、その抜け道を使ったと言っているのだった。

かわいい後継ぎのために、というのはもちろん理解できる。でも、マチルダはどうだろう。そこまでしてもらうだけの価値がある花嫁だろうか。

――『僕はあのとき、マチルダに恋をするために生まれてきたと思ったんだ』

とまどいを打ち消すように、ビクターの言葉が、ふっと耳の奥でよみがえる。

思い当たるのは、さっき言われた言葉だけだ。

（うれしいかうれしくないかで言ったら、やっぱりうれしい……）

なぜビクターがそこまで言ってくれるのかわからないが、口元がゆるんでしまう。

ともかくマチルダはまだ公爵家に来たばかりで、ビクターに聞きたいことがやまほどある。

自分自身の疑問が解消する前に、王太子殿下から結婚に難癖つけられても困るのだ。

つまり、今日はお帰り願いたいという気持ちに関しては、マチルダもビクターに全面的に同意していた。

サウラスはマチルダをじろじろと不躾《ぶしつけ》に観察していたかと思うと、ずっと探っていた記憶をようやく思い出したと言わんばかりに手を打った。

「ん？　その女もしかして、この間の婚活パーティでうちの部下と踊っていた娘じゃないか？　ビクターと二股かけていたのか？」

どきりとした。ビクターとのお見合いが破談になったと思って出かけていった婚活パーティのことをいま持ち出されるとは思わなかったからだ。

あの婚活パーティに王太子殿下もいたのだろうか。

誰も騒いでいなかったが、王太子殿下だって独身なのだから、婚活パーティにお忍びで来ていても不思議はない。

しかし、マチルダを庇《かば》うように、ビクターが前に立ちはだかる。

「僕が先約だったんだから、二股なんかじゃない。悪いが帰ってくれ、サウラス。僕は妻をかわいがるのに忙しい。ハウゼン、サウラス王太子殿下には丁重にお帰りいただくように……頼んだぞ」

「ちょっと待て、ビクター！　話はまだ終わっていない。俺は認めないからな、そんな女との結婚は！」

　王太子をうるさそうに追い払ったビクターは、マチルダをさっと抱きあげて立ち去る気配を見せた。サウラスはハウゼンの壁に押し返されながら、それでもまだ苦情を喚《わめ》いている。

　その声が段々と遠離《とおざか》っていく。

　マチルダがビクターの手で運ばれているからだ。

「えっと、お仕事じゃないのですか。放っておいていいのですか」

「大丈夫。僕は仕事より妻を大事にするタイプだから」

　にっこりといい笑顔で即答されてしまった。

　それはいいのか悪いのか。マチルダにとっては、完全に想定外の返答だ。

　貴族の結婚と言えば、顔を合わせるのは朝のお見送りと夕方のお出迎え。妻帯が必要な舞踏会のときと子作りのとき……そんなものかと思っていた。

　仕事より大事にされるのはいいのだが、王太子殿下をけんもほろろの対応で追い返していいのだろうか。

　身分社会の下層で生きてきた人間としては、なにやら怖ろしい報復に遭うのではないかとびくびくと怯えてしまう。ビクターの妻だからとか、公爵家の立場を考えて、という以上に、男爵令嬢としての自分がどうしても悲鳴をあげていた。

「あ、あの……ビクター様。お休みは重要だと思いますが、王太子殿下がわざわざいらっしゃるくらいですから、とても重要なお仕事なのでしょう？　やはり二日続けて無視されるのはよくないのではないでしょうか」

ビクターのご機嫌を損ねないように、お仕事に向かってもらうことはできないだろうか。

顔色をうかがいながらも腕のなかから控えめに提案してみる。

（あ、なんか。こういうやりとりって新婚っぽいかも……）

お仕事のこともビクターと親しい人も、まだマチルダは知らない。

でも、妻として支えてあげたいとは思う。王太子殿下の乱入に驚いたけれど、もっと勉強しなくてはと気づかせてくれたという意味では、この騒動はありがたい。

（ビクター様のことをもっと知りたい。交友関係やお仕事に必要なこと。ご趣味はなんなのかも……）

そうすれば少しずつ自分のなかにある「なぜ」の数を減らしていけるかもしれない。

（ご趣味はやっぱりジャム作りなのかしら。ジャム作りだといいな）

壁の細密画はなかったことにして、心からそう願った。

マチルダがささいな感動に浸っていることに気づいているのかどうか。ビクターは眉間に皺《しわ》を寄せて、訝しげな声をあげる。

だろう。

「マチルダは僕が仕事に行ったほうがいいの？」

顎に手をかけて顔を上向かされたのは、一瞬違うことを考えていたマチルダの気を引くため

腕に抱かれているせいで仰向けの格好のマチルダがビクターを見上げると、彼はどこか傷ついた顔をしていた。

（なんだろうこの……大きな犬が耳を垂れているような気配は……）

まるで自分がビクターをいじめているみたいだ。それとも、そうなのだろうか。マチルダが行ったほうがいいと言えば、ビクターは言うことを聞くのだろうか。

「えーっと……そのぅ……や、やはり仕事は大事だと思います！」

迷ったのは一瞬だった。

もちろん、マチルダにはビクターのことがまだよくわからないし、ビクターにはビクターの理由があって王太子殿下の要請を断ったのかもしれない。夫の仕事内容も知らない、今日嫁いできたばかりのにわか嫁が言うには、出すぎた真似《まね》かもしれない。

でも、廊下の奥では扉の陰から公爵夫妻が顔をのぞかせていて、声にならない言葉でマチルダにビクターの躾《しつけ》を期待している気配が濃厚に漂っていた。その期待を無視することはマチルダにはできなかったのだ。

「ええええ…………仕事は大事？」

「仕事は！　大事！　です！」

嫌そうな顔をするビクターに拳を握りしめて力説をする。

マチルダの言葉は思っていたより効果があったようだ。眉間に皺を寄せているのは、不承不承ながらもマチルダの提案を検討しているからだろう。

なんとなくビクターの扱い方がわかってきた気がする。

（というよりもむしろ、わたしはビクター様の面倒を見るために、嫁として呼ばれたのかも!?）

自分の想定外の役割に衝撃を受けているマチルダの気も知らず、しぶしぶながら、ビクターが従う気配を見せる。

「じゃあ……もしマチルダがこのあと僕の言うことをなんでも聞いてくれたら、明日は王宮に行ってもいいかな」

「…………は？」

極上の貴公子が極上の笑みを浮かべて言う。

ビクターが仕事をするのに、なぜマチルダが譲歩しなければいけないのだろう。冷静に考えてみるとおかしい。それとこれとは話が違う。

耳を垂れて「くぅん」と泣いてる大型犬かと思ったら、抱きあげたマチルダの顔に器用に顔を近づけて、思わせぶりな視線を向けてきた。

「い、言うことを聞くって……どんなことでしょう?」

ビクターのにこにことうれしそうに笑う顔を見ていたら想像がつかないでもなかったが、ひとまず訊ねてみた。念のために確認したいという気持ちもあったが、それだけじゃない。

マチルダが話しかけるとビクターはうれしそうにぱっと顔を向けてくる。その瞬間がまた見たくて、もっと話をしたくて、答えを返してしまうのだった。

「そう聞いてくるってことは、もちろん僕のお願いを聞いてくれるってことだよね、マチルダ。だって僕たちもう夫婦になったんだから」

やっぱり大型犬で正しいかもしれない。ビクターの背後に振り切れんばかりに振られているしっぽが見える気がする。

「そ、そうです……ネ……」

そうだ。マチルダはビクターと夫婦になった。

まだ実感はないのに、ビクターと話していると、ずいぶん前からの知り合いのようにも思えてくるから不思議だ。

(不思議……ビクター様といると楽しい)

自分が思い描いていた結婚とは違うかもしれない。

驚かされてマチルダのなかの常識がぐらぐらと音を立てて崩れそうにもなる。

自分の価値観が壊されてしまうのは、正直を言えば恐い。天と地がひっくり返ってしまうような不安に駆られる。それでいて、変わったことをしている張本人のビクターに迷いがないから、それでもいいのだろうかと信じさせられてしまうのだ。

ビクターはそういう独特の雰囲気を持っている人だった。

公爵夫妻がマチルダを妙に歓迎していたのは、ビクターの無茶な要望を呑む嫁が欲しかったからなのかもしれない。

勝手な想像だけれども、意外と間違っていない気がしている。

（それならそれで、嫁としての本懐《ほんかい》を見事に遂げてみせますとも！）

小さく拳を握りしめたマチルダが覚悟を決めたと、ビクターにも伝わったのだろう。頭上から、くすりと笑いが零れ落ちてきた。

思わず見入ってしまうくらい、こういうときのビクターは素敵な微笑みを浮かべている。

蕾《つぼみ》から花びらをわずかに開いたばかりの薔薇を思わせて、極上の優雅さを帯びていた。こういうちょっとした瞬間のビクターの雰囲気が好きだ。

きゅん、と胸が疼《うず》いてしまうくらい、マチルダの心を捕らえてしまう。

しかし、次の瞬間、

「じゃあ、今日はこれからマチルダは僕の命令をなんでも聞くので決まりだね」

そう言ったビクターの相貌は、捕食動物が大きな牙を剥《む》いて獲物の喉元を狙っているように
も見えた。

しかも、お願いを聞くという話だったのに、いつのまにか命令にすり替わっている。なんで
もお願いを聞くのと、なんでも命令を聞くでは、抵抗できる範囲が違うように感じる。

命令では、やはりビクターの立場が圧倒的に強い。

（わ、わたし……ビクター様に食べられてしまう……!?）

マチルダが蒼白《そうはく》になって怯えたのは、ある意味では正しかった。

第三章　初夜の前に昼からいただかれては困ります

「あ、あの……ビクター様、どこへ行くのですか？」

腕に抱かれたまま応接間を出て、中庭に面した通路を通り抜ける。右手には、花が咲き乱れる庭が広がっていて、マチルダに遊びにおいでよと誘っているようだった。

公爵家の敷地は玄関から見えるより、ずっと奥があって広い。

中庭に面した回廊をぐるりと回り、別棟に連れてこられたマチルダは、ビクターの弾む足取りを感じながら、当惑してもいた。

（えーっと玄関から廊下を左手に曲がって応接間。その先からまた廊下に出てから回廊をぐるりと回って別棟……）

頭のなかで必死に屋敷の構造を覚えようとするけれど、こういうのはひとりになると、とたんに難易度が上がるのを経験上わかっていた。行きは真っ直ぐに見えた道が逆方向から見ると、枝分かれしているのだ。

必死に通路を覚えようとしているマチルダと正反対に、ビクターは呑気なものだった。

「うん？　もちろん、僕たちの部屋に案内するよ。改装したばかりだから至らないところがあるかもしれないけど、マチルダが気に入ってくれるとうれしいな」

なるほど、部屋。新婚の部屋。

しかし、すでにマチルダの頭のなかは玄関からどうやっていまの廊下に来たのかわからなくなりつつある。自分で確認しながら歩かないと通路を覚えられそうにない。

「そのぅ……案内してくださると言うなら自分の足で歩きたいのですが……下ろしてもらうわけにはいきませんか？」

控えめに、だがはっきりとここは自己主張しておく。

エリーからも「屋敷のなかで迷子にならないでくださいね」と釘を刺されたばかりなのだ。

自分たちが暮らす部屋だというならなおさら、部屋の位置をしっかりと覚えなくてはと気合いを入れる。

「でも新婚の花嫁はこうやって新郎の腕に抱いて運ぶのがしきたりなんだよ。そういうものだろう？　屋敷の案内はいつでもできるんだし」

マチルダを腕に抱くビクターは、廊下でダンスでもするかのようにぐるりと回る。

案内をしてくれるのは屋敷に着いた日こそ最適ではないのかと突っこみを入れたい。

しかし、ビクターがあまりにもうれしそうに言うものだから、マチルダの口からは反論の言葉がうまく出てこなかった。

マチルダはビクターより背が低いと言っても、成人してるし、体重はしっかりとある。なのに、腕にマチルダを抱えるビクターの足取りはずっとダンスのステップを踏んでいるかのように軽やかだ。

指先で唇に触れれば、まだ事故のようなキスの余韻が唇に残っている気がする。こんなふうに体を密着された状態で屋敷のなかを歩くと、胸の奥できらきらと星が光るような不思議な感覚に襲われた。

（しきたりかぁ……やっぱりこの結婚はわたしが思っていたのと違うみたい……）

親が勝手に結婚誓約書に署名した結婚だ。支度金も公爵家持ちだから、使用人のなかには、マチルダが『お金で買われて行くみたい』なんて陰口を叩く者もいた。

もちろん、エリーが言い返してくれたが、実際、マチルダだってそう思っていたから、彼女たちを非難できない。

（でも、ビクター様は少し……ううん、だいぶ……思っていたのと違う……）

ビクターの横顔を、マチルダはじっと見つめた。さらさらと白金色の髪が光を受けて燦《きら》めく瞬間に、なぜだかとても心惹かれる。何度も見たいと思ってしまう。

けれども、ビクターはいつもマチルダの斜め上を行く予想外さを唐突に見せてくるから油断ならない。

ふかふかの絨毯《じゅうたん》が敷かれた階段を自分の足で歩けるのはいつなのだろう。

遠い目になったところで、ビクターがマチルダを抱いたまま、器用に扉を開けた。

「ここが僕たち夫婦の部屋だよ」

そう案内されたのは、屋敷の別棟の二階だ。

新婚を意識しているのだろうか。明るい応接間はビクターの趣味という雰囲気ではない。白やレースをふんだんに使っていて、かわいらしい部屋だった。

（それとも、お義母様の趣味かしら？）

それもありそうなことだった。先ほどの歓迎ぶりからすると、真剣に新婚っぽさを追求してくれた可能性は高そうだ。

「ここが応接間で、向こうがマチルダの部屋。こっちが僕の書斎で、庭に出たいときはこちらのテラスから下りられるからね」

マチルダの部屋という言葉に、やっぱり想定外の衝撃を受けた。

（わたしだけの部屋をいただけるの⁉　いいの⁉　お屋敷が広いからそんな贅沢が許されるのかしら？　ああ、でもエリーだっていているんだし……）

思ってもみなかった歓待が怖いのに、素直な気持ちを言えば、うれしい。

結婚して自分の部屋がもらえるなんて想像したことがなかったのだ。

「あ、ありがとうございます……わたし、昼間にいる場所があってよかった」

「なんで？　マチルダは僕のお嫁さんなんだから、この屋敷のなかでマチルダが入っちゃいけない場所なんてないよ」

小首を傾げて言うビクターは、本当にそう思っているらしい。

（その歓迎のされ方が怖いんですが！）

マチルダの心の奥底で叫ぶ声があったけれど、ビクターがあまりにもてらいがなく言うものだから、ほんわかとしてしまう。

ビクターの笑顔に釣られて、マチルダも笑みが零したそのときだった。

「でも、この棟の続きの離れだけは立ち入り禁止だから。気をつけてね」

そういえば、というふうにビクターが付け加えたのだ。

「離れ？」

格子のベランダ窓からテラスに出ると、庭がよく見える。ビクターの指先が、ついっと視線を誘導するように動いて、隣接した離れが目に入った。

屋敷のほかの建物と違って低い建物だ。窓はいくつも並んでいるが、室内が暗いせいかなかがまったく見えない。

（倉庫……かしら？　それにしては妙な場所だけれど）

食料庫なら、屋敷の土台となる半地下にあることが多い。台所に近い場所に造ったほうが便利だし、実際、男爵家のささやかなお屋敷はそういう造りになっていた。

――そこだけは入ってはいけない。

禁忌というのは、なぜ、心に強く刻みこまれるのだろう。

素敵なお庭を見たいし、屋敷を案内してほしい気持ちは確かに疼いている。なのに、それ以上に入ってはいけないという離れの存在感が、ずしん、とマチルダの心にのしかかった。

しかし、マチルダがビクターの言葉に衝撃を受けているとは、まったく考えてないらしい。

そもそも、入ってはいけないという注意さえ、話のついでにすぎなかったようで、ビクターは案内はこれで終わりと言わんばかりに、室内に戻っていく。

「じゃあ、そろそろマチルダに僕の命令を聞いてもらおうかな」

ビクターは弾んだ足取りで部屋を横切り、奥の扉を開いたのだった。

当然のように、ビクターの命令とはなんだろうという疑問はマチルダの頭の片隅にある。

でも、中心に天蓋《てんがい》付の大きなベッドが備え付けられた部屋を見て、事態を察した。頬がかぁっと火照るのがわかる。

――『いいわね、マチルダ。公爵家に行ったら初夜を迎えることになると思いますが、多少痛くても、とりあえず我慢するのですよ。そういうものですからね』

母親はそう、しつこいほど言い聞かせてきた。

平凡な結婚生活を送るためには、夫婦の営みが欠かせません。それが貴族の妻の勤めです。

抱き合うということについて、母親は口を酸っぱくして言っていた。おそらくは、パニックになると、すぐに手が出るマチルダの振る舞いを心配していたのだろう。あるいは、男爵家はもう公爵家からいただいた支度金を返せないから、マチルダに帰って来られても困るのかもしれない。

（大丈夫……わかっています。服を脱がされても拒否しない。肌に触れられても手を払ってはダメ）

呪文のように教えられたことを繰り返して、勝手に速まる鼓動をなだめていると、ビクターはマチルダをベッドの端に下ろして座らせてくれる。

どきどきしていた。正直に言えば、少しだけ怖い。

でも、ビクターが自分に触れていると思うと鼓動が高鳴ってもいた。

このまま押し倒されるのだろうと身構えて待っていたのに、かけられたのは予想外の言葉だった。

「じゃあ、ここに座って、マチルダはしばらく動いちゃダメだよ」

あれ？　と拍子抜けしつつも、小さくうなずいて言うとおりにする。しかし、頭のなかには疑問が渦巻いていた。

動いちゃダメとはどういうことだろう。

これからベッドに寝るわけではないのだろうか。

やさしい物言いに騙《だま》されてしまったが、いったいなにがはじまるのだろう。マチルダが頭のなかを疑問符でいっぱいにして待っていると、ビクターはサイドテーブルに置かれた小箱の蓋《ふた》をぱちりと開いた。

小型のスーツケースのような革張りの箱だ。

なかは木の仕切りで区切られていて、小さな小壜《こびん》がたくさん並んでいる。一見すると、貴婦人用のお化粧箱のようにも見えた。そのなかから小壜のひとつを取り出したビクターは、もう片方の手に小さな刷毛《はけ》を持っている。

（……香水？　それとも調味料入れ？）

外側だけでは小壜の中身の判別がつかないから、好奇心で手を伸ばしたい衝動に駆られる。

でも、動いちゃダメなのだ。

待っている間、うずうずと動きたそうにしているのを見透かされてしまったのだろう。

ビクターは部屋の隅から椅子を運びながら、

「マチルダ、僕の言うことを聞くって約束だろう？　動いたら、明日仕事に行かないからな」

そんなふうにマチルダを脅してくるのだった。

「う……でも、ですね。王太子殿下がいらっしゃるくらいなんだから……大事なお仕事なのでしょう？」

ベッドの傍らに置いた椅子に腰掛けるビクターに訴える。

「君との結婚だって十分大事だよ、マチルダ。僕はずいぶん前から休暇を申請して君が来るのを楽しみにしてたのに、マチルダはそうじゃないんだ？　冷たい新妻だな」

頬に伸びた手が、お仕置きだとばかりに、むに、とマチルダの頬を摘まみあげた。

痛い。でも、ビクターの声音には親しい人にだけ見せる特別な甘さが滲んでいて、胸のほうはきゅんと切ない痛みを訴えた。

「ひゃ、ひゃたしだって……楽しみにしていみゃしたよ、もちろん……」

頬を掴まれた状態で、マチルダは不明瞭な答えを口にした。

（でも、絶対にビクター様は王宮に行ったほうがいいわ。王太子殿下はわたしのことを認めないとおっしゃっていたし……）

自分でも不釣り合いな結婚だと思っていたくせに、他人から、それもより身分の高い人から言われると、頭を鈍器で殴られたかのような衝撃を受ける。

結婚したばかりなのに、もう暗雲が立ちこめている気分だ。

マチルダが夢見る平凡な結婚生活は、なかなか見えてこない。それともこれは、ビクターのように見目麗しく、身分も財産もある相手が夫である代償なのだろうか。王太子殿下という暗雲を乗り越えた先にこそ、ビクターとの夢見る新婚生活があるのだろうか。

ふぅ、と小さくマチルダがため息をついたのを、ビクターはどういう意味だと受けとったのだろう。とりなすように言う。

「大丈夫、明日はちゃんと王宮に行くから……マチルダが僕のお願いをなんでも聞いてくれるなら……ね？」

お強請《ねだ》りするような笑顔を見せられて、うっ、と言葉に詰まる。こういうときに下手《したて》に出た物言いをするなんてずるい。

ビクターの極上の笑顔だけでもなんでも言うことを聞いてしまいそうなのに、ちゅっと懇願するようにすばやく手のひらに口付けられてしまうと、マチルダはなにも言えなくなってしまう。とても逆らえそうにない。

（なんでも……なんでもってどんなことまで含むのかしら。どうしよう。あんなことやこんなことを命じられたら困る……）

結婚前に母から託された、新妻の勤めのなかには、男性から精を受けるための性戯も含まれていた。曰《いわ》く、手で男性自身を扱いてあげるのだとか、胸で挟んであげるとか、そういう夫をよろこばせるための技についても、一応聞かされていた。

（そ、それは……ちょっと頑張れるかわかりません、ビクター様！）

淫らな想像をして、勝手に頬を赤らめているマチルダの前で、ビクターはにこにこと笑って小壜の蓋を開いている。

「はい、じゃあ手を出して」

まるで医者が患者の診察をするかのようなテキパキさで指示を出される。

この時点ですでに、マチルダの予想は完全に外れてしまっていた。

「は、はい」

あれ、と思いはしたものの、差し出されたビクターの手に、マチルダは迷うことなく手を載せた。ベッドの上に下ろされたらビクターの言うとおりにしなくてはいけないと思っていたのもあるが、身構えて待っていたにしては簡単な要求だったからだ。

それに、ビクターはまるでワルツを踊るときのようにうやうやしい手つきでマチルダの手をとってくれる。だから、全然怖くない。むしろ、いい気分にさせられてしまう。

ビクターのこういうちょっとした仕種が、彼を極上の貴公子たらしめているのだと、いまさらながら感心させられていた。

彼としては普通のことをしているつもりだろうに、自分が特別なお姫様扱いをされている気分になれるのだ。

(お兄様からだって、こんな淑女のような扱いを受けたことないわ……)

男爵家とは家風が違うと言ってしまえば、それまでだ。でも、大切なものを扱うように振舞われると、自分が貴婦人になったかのようだ。どきどきする。

一方でマチルダ自身は慣れていないから、自然に淑女らしく対応できない。ぎこちなくなるだけでなく、反射的に手を引っこめたくなって仕方ない。

(わたしはビクター様から、こんなに大切そうに扱われるような儚げな令嬢ではないのに)

慣れない淑女扱いに対して、そこまでしていただかなくてもという気持ちが捨てきれない。

伯爵令嬢が薔薇なら、マチルダは雑草だ。

そこら中にたくさん生えていて、頑丈だし、しぶとい。

自分はそんなありふれた男爵令嬢にすぎないという意識が、どうしても振る舞いに現れてしまうのを、マチルダは必死に堪えていた。

(でも、ビクター様に触ってほしい……もっとお話がしたい)

相反する感情が心のなかでぐるぐると渦巻き、なおさら自然な振る舞いがわからなくなる。

その一方で、ビクターはなにをするのでも自然で迷いがない。

生まれながらに気品が身についてるのだろう。だから、ぎくしゃくしているマチルダに対しても、淑女らしく扱うことにてらいがないのだ。

「マチルダの爪は本当に綺麗だね」

ちゅっと指先に口付けられると、心臓が壊れたように高鳴る。

舌先でマチルダの指を弄ぶように舐《ねぶ》られるのは、ぞくりと身がおののくのに、体は凍りついたように動かなかった。ビクターから、動いちゃダメだよと言われていたからだ。

（それに……なぜだろう……ビクター様がわたしの爪に舌を這わせながら上目遣いに見てくる視線が……）

微笑みを消した顔は、整っているだけに神々しい美しさがある。それでいて、青灰色の凍りついた湖のような瞳が、やけに熱を帯びて自分を見ているような気になってしまうのだ。

（どきどきする。ビクター様に見つめられるとわたし……）

──困ってしまう。

「んっ、はぁ……そ、こは……くすぐったいです。ビクター様……」

びくびくと体の芯が熱くなると、つい手を引っこめたくなる。するとビクターは、逃がさないとばかりにマチルダの手を強く掴むから、なおさら自分が求められている気がして、肌がぞわりと震えた。

ビクターが箱に並んだ小壜のなかからひとつを選び、ガラスの蓋を優雅に持ちあげる。その手つきすら洗練されていて、まるで魔法のようだった。

壜の中身をゆっくりと手の甲に垂らされると、ふわりと甘い香りがあたりに広がる。

「ひゃっ、なに……」

香油だと理解した次の瞬間には、ビクターの指先が手の甲から爪までを愛撫《あいぶ》するように香油を広げていた。

「これはね、僕が精製した香油で、爪を滑らかにする効果があるんだ。こうやって指先まで揉《も》んであげると……ほら、桜貝のような君の爪がもっとつやつやに輝くだろう？　この香油で爪をマッサージしたあと、よく拭きとってから下地の爪紅を塗る」

別の小壜を手にとり、小さな刷毛を挿し入れて、すっとその刷毛の先をマチルダの爪の上に滑らせた。

抱かれるのを覚悟していたはずなのに、いったいなにがはじまったのだろう。まったく意味がわからない。頭のなかを疑問符でいっぱいにしてとまどう一方で、ビクターの美しい所作に見蕩れてしまっていた。

爪紅を塗るなんて、侍女がする仕事のはずなのに、それとは全然違う。ビクターに手を握られて、塗ったばかりの下地に優雅に息を吹きかけられるだけで、熱っぽいおののきが体中を走った。

「さ、右手が終わったから左手を出して。下地が乾いたらもう一度爪紅を重ねるから」

にこにこと作業をするビクターはうれしそうで、マチルダがくすぐったそうに身じろぎしても嫌な顔ひとつ見せない。

「僕の妻はくすぐったがりやさんだね……かわいいマチルダ。動いちゃダメって言ったのに」

なんて言われるだけだった。

「そ、そんなことをおっしゃられても……わ、わたしだって好きで動いてるんじゃありません！　でも、体が勝手にびくびくとしてしまうのです」

我慢しようとしても、ビクターの指先が操る刷毛は絶妙にやさしく爪を撫でて、くすぐったい。

真っ赤になって反論したマチルダはよほど必死に見えたのだろう。

ビクターは「くくく……」と声を押し殺して笑っていた。失礼な。

むっと唇を尖《とが》らせたことに気づいたのだろう。

「ごめん。でも、マチルダがかわいいから、つい」

先に謝られてしまうから、さらなる反論の言葉が出てこない。頬が熱く火照りすぎて、このまま燃えて自分は消し炭になってしまうんじゃないかと思ったほどだ。

「ビクター様はすぐかわいいなんておっしゃる……」

ゆでだこになりそうな心地で、小さく呟いた。ビクターに向かって言ったというより、自分のなかで暴れ回る羞恥心をどうにかなだめたかったからだ。

（真に受けちゃダメよ、マチルダ。わたしの容姿はそんなにかわいくないとわかっているし、ビクター様はお世辞を言っているだけなんだから）

誰だってお世辞を口にしてその場が丸く収まるなら、社交界に慣れていない娘に「かわいい」などと簡単に言うのだ。

そう冷静に警告する声が頭のなかで響いてもいたのに。でも、やっぱり。

「マチルダは僕にかわいいって言われるの嫌なの？」

ビクターが心底不思議そうな声で言うものだから、うっ、と言葉に詰まる。

なにせ、彼としては真剣に訊ねているのだ。わかっている。まだわずかなやりとりしかしていないが、ビクターは嫌みやからかうために言っているのではない。

だからこそ余計に、嫌かと問われると困るのだ。

自分の欲望を直視させられている気がして、これはなんの罰かと苦悶《くもん》する。なのに結局は欲望を抑えきれなかった。理性の警告なんて見なかったことにして、

「い、いえ……たとえ、お世辞でも……うれしい……です。もっと言ってほしいです……あ、だ、ダメでも全然構いませんので！」

口車に乗ってうっかり図々しいお願いをしたことに気づき、両手を振る。

でも、ビクターのかわいいはそれだけの破壊力があった。

マチルダを惑わせて、普段なら言わない告白をしてしまうぐらいの破壊力が。

「もちろん、ダメじゃないよ。顔を真っ赤にして恥じらうマチルダも食べちゃいたいくらいかわいいもの」

ビクターはうれしいという感情を全身に表して、ぎゅっとマチルダを抱きしめた。

勢いよく抱きつかれたせいで、ベッドの上に仰向けになる。押し倒されてしまったという自覚もないまま、ベッドの上で抱きしめられていた。

悲鳴をあげそうだった。ぎゅっと抱きしめられて身動きがとれないのでなければ、お見合いのときのようにビクターの頬を叩いていたかもしれない。

でも一方で、まだ乾いていない爪紅がビクターの服についてしまわないかと気が気ではなくて、手を出す術もなく、ぎゅっとされてしまう。

（かわいいだなんてかわいいだなんて……ほら、また。ビクター様はすぐにそういうことをおっしゃる！）

困る。本当に困る。

かわいいって言われながら、ぎゅっとされると心臓が壊れそうになる。頭だってお花畑状態だ。ともすれば、意識して爪に気をつけるのも難しそうだ。

「び、ビクター様、離してください。爪紅が服についてしまいますから!」

必死でそう叫んだものの、意識が夢の彼方《かなた》に旅立ってしまいそうだ。こういう、過剰なスキンシップは精神によくない。理性が吹き飛んでしまう。

なるべくビクターの服に手の甲が触れないように伸ばしているのに、ふぅっと気を抜いたら力も一緒に抜けてしまいそうだった。

「あの、でも、べ、別に触られるのが嫌と言うことではなくてですね、その……」

だってビクター様が好きなのはわたしの爪なのだから。

まだ二度目の爪紅を塗ったばかりで、乾くには早いだろう。

マチルダは爪紅を塗る習慣はないが、最近流行っているようだったから、爪に塗ったあとなかなか乾かないのだという話くらいは聞いていた。

みんなおしゃべりしたり、本でも読みながら静かに乾燥を待っているという話だ。

間違ってもこんなふうに、爪を乾かしている最中に抱きつかれたりはしないはずだ。いまのマチルダの状況はなにかがおかしい。それに、抱きしめられると抱き返したくなってしまい、うかつに生乾きの爪紅を高価な服につけそうで怖い。

マチルダとしてはごく普通の感覚で、せっかく塗った爪紅を台なしにしたくない気持ちと、ビクターの服をダメにしたくない気持ちとを訴えたつもりだった。

言ってしまえば、「このベンチ、ペンキ塗りたてだから座っちゃダメだよ」と注意したのと等しい。

なのにビクターは、やっぱり少しだけずれていた。

「うん、わかってるよ。じゃあ爪が乾くまで、マチルダの手を動かないようにしてしまおうか」

にこにことそう言うと、マチルダの体を抱っこしてベッドの上に完全に押し上げる。

「ご婦人のドレスのバッスルというのは脱がせにくいものだな……母上が最新のドレスがよいと言っていたからお願いしたのだが……」

ビクターが怜悧な顔立ちを悩ましげに歪《ゆが》める。

眉根を寄せた顔なんてするんだと思ったら、くすりと笑いが零れた。

(困った顔……かわいい……)

ドレスを脱がされている最中なのに、きゅんとしてしまう。

「首の後ろのリボンを解いて……マチルダ、手を上げて……はい、ばんざーい」

あまりにもビクターが楽しそうに言うから、つい言われたとおりに手が動いた。

「は、はい！」

先ほどは、ビクターにきちんとお仕事をしてもらうための躾役として自分が呼ばれたと思ったのに、こういう瞬間は立場が逆転している。

（ええと……だからその、わたしが妻としてビクター様を正道に導くためには、わたしがビクター様の言うこと聞かなくてはいけなくて……）

だから仕方ないのかもしれない。ドレスを脱がされるのは恥ずかしいけれど、いまはビクターの命令に逆らえないのだ。

頬が火照るのを感じながら、手を上げたまま視線を横に逸らす。

どうしてだろう。次から次へと身悶《みもだ》えさせられるような出来事が襲ってきて、突然のパニックとはまた違う混乱で頭がいっぱいいっぱいになる。

まだ、ビクターと一緒にいる時間はほんのわずかだ。なのに、自分のなかからこんなにたくさんの羞恥心を引き出されて、驚いてもいた。

これは妻として必要な試練なのだと強く思っていないと、すぐにこの場から逃げ出してしまいそうだ。

「ん、じゃあ……そのまま動かないでね」

すると、ビクターは万歳した格好のままのマチルダの手首を、ベッドの飾り枠に繋《つな》ぎ止《と》めた。

やわらかいハンカチと冷たい鉄枠の感触と。

相反する感覚が同時に肌に伝わってくる。

「え……ええっ⁉」

手をベッド上部の飾り枠に縛りつけられた格好で、ずるずるとドレスを剝《む》かれていく。

（もしかして、こういうふうに手を繋《つな》いだままでも脱ぎやすいドレスだったの⁉）

そんな驚きで羞恥が紛れていたのは、バッスルを形作っていた下着――クリノリンを外すところまでだった。

胸を押さえつけていたコルセットをゆるめられたせいで、いまにも双丘がまろびでそうだし、下肢には薄布のズロースを身につけているだけだ。ガードルに手を伸ばされ、男性の手でひとつひとつ着ているものを脱がされていく恥ずかしさに震えた。

爪がどこかに触れないように頭上で拘束されているというのに、それでもなおびくびくと震えて、手でビクターを押さえたくなる。強く拘束されているわけじゃないから、マチルダの動き次第ではハンカチの結び目が解けてしまいそうだ。

「マチルダ、ほら……そんなに動いたらハンカチに爪紅がくっついてしまうよ……」

ビクターはまるで悪戯をした子どもを叱るような声を耳の側で出して、そのままマチルダの頬にちゅっとキスをした。

その啄むように軽いキスからも、「ダメだよ」という甘い声が聞こえるかのようだ。

ビクターはマチルダの言うことを聞いてくれるくせに、これだけは譲るつもりが欠片《かけら》もない
らしい。

「足の爪はまた別の日の楽しみにとっておこうね」

頬から唇の端に、そして鼻の上にとバードキスを降らせながら、ビクターはまたかすかに鼻歌を歌っていた。どうやらマチルダのドレスを脱がせるのは、ビクターにしてみれば、鼻歌を歌うぐらい楽しい作業のようだ。

侍女がやるような作業だというのに、まったく苦にしないのが、なんとも彼らしい。

（なんというか……ビクター様って、とても変わってらっしゃるわ……）

抱きかかえられるようにして背中に手を回されながらコルセットをさらにゆるめられ、腹のほうへとずらされ、胸が露わになる。ふるり、と白い乳房が赤い蕾とともに揺れ落ちた。

「あっ、あの……ビクター様……ダメ。見ないで……」

両手で胸を隠したい。でも、できない。

正確には、やらないように、い、い、い、い、い、我慢している。

手の拘束は無理やり足掻《あが》けば、解けそうなゆるさなのだ。でも、ビクターに王宮に行くよう

に勧めたのはマチルダだし、ビクターの言うことを聞くと言ったのも、もちろんマチルダだ。

（それなのに、ここで手を解いてしまったら……）

それはいけない気がした。新婚生活初日なのに、ビクターとの信頼関係を築くのはこれからなのに。一時的な自分の感情で台なしにしたくない。

（だってわたし……ビクター様のこと、もっともっと知りたい……もっと色んなビクター様が見たい……）

突発的に想定外のことが起きると、つい手が出てしまう癖のせいで、何度も失敗してきたけれど、その失敗を受け入れてくれたのは家族以外では、ビクターが初めてだ。

マチルダよりずっと身分が上なのに、頬を叩いてしまったことを許してくれたし、ぐぅ、とお腹が鳴ったのもそうだ。絶対に笑われると思ったのに、手ずからサンドイッチを食べさせてくれた。

ほかの人とはなにかが少し違う。でも、その違いに惹かれている自分がいた。

もちろん、惹かれているからと言ってなにもかも我慢できるのか、と聞かれたら答えられない。ビクターの手が自分の乳房を下から持ちあげるようにして掴むのを見て、羞恥のあまり、マチルダは顔を逸らした。ビクターの視線から逃れたくて、自然と身をくねらせてしまう。

ほんのりと桜色に染まった半裸の姿が、男の情欲を誘う淫らさをどれだけ漂《ただよ》わせているのか。

初心なマチルダが知る由もない。

「見ないでと言われても……僕は夫としてマチルダのすべてを見る権利があると思うよ？　それに……」

「ひゃあぁんっ、あぁっ……ッ！」

ビクターが掴んだ乳房の片方を上向け、舌を伸ばして、くるりと乳頭を舐めた。その瞬間、ぞくりと体中に震えが走る。びくびくと腰の奥が疼いた。

マチルダの体が身悶えるだけでなく、刺激を与えられた薄紅の蕾は硬く起《た》ちあがっている。

「こんなにおいしそうに熟れた果実を前にして、我慢しろというのは酷だよ……酷い妻だな」

酷いというわりには、ビクターの声は甘い。

笑いを含んだ物言いから、からかわれているのだとわかる。

でも、マチルダをからかったあとでまた胸の先で舌を動かされると、抵抗より体が反応しはじめてしまった。

「ああ……なんか、変な……感じ……」

むず痒いような、それでいて恍惚とさせられるような——体を蝕《むしば》んでいく甘い疼き。

ただただ純粋無垢《むく》だったマチルダが、少しずつ違うなにかに変わっていくような感覚は正直に言えば恐い。

なのに、その違うなにかに変わっていくことにも、興味を抱いている自分がいる。

(恐いのに知りたい……もっとビクター様に触ってほしい……)

体の奥が灼《や》けるように疼くのは、ビクターが欲しいからなのだと本能で察しているかのようだ。ぞくん、と甘いおののきが体中を走るとき、いますぐ逃げ出したいのに、このまま溺れてしまいたい気持ちも同時に湧き起こっていた。

マチルダより大きく器用な指先が、腋窩から乳房まで擦るようにゆったりと撫でて、胸の先が十分硬く起ちあがったところで、きゅうっとそれを摘まみあげた。すると、さっきよりも甘い疼きが増して、たまらずに鼻にかかった嬌声《きょうせい》が漏れた。

「ひゃんっ……そ、れ……ンあぁッ！」

強く抓まれたあとで弄ぶように押しつぶされると、痛くはないけれど、奇妙な感覚に襲われる。唇からはひっきりなしに、「あっ、あっ」という淫らな喘《あえ》ぎ声が漏れた。

自分で自分の嬌態が信じられない。まだ外は明るい。窓からの光がベッドまで届いて、自分の半裸の肌に陰影を作っていた。

「昼間っから……こんなこと……」

――してはいけない気がするのに。

中途半端に途切れた声の先に、否定的な言葉が続くと気づいたのだろう。

ビクターはマチルダの頬に零《こぼ》れたおくれ毛を掻きあげて、顔をのぞきこんだ。

「昼間は、しちゃ……ダメ？　でも、しちゃいけないことをふたりでやるのってドキドキしないかな？　この時間は僕とマチルダだけの秘密の時間だよ？」

してはいけない、ふたりだけの秘密。

それはなんて甘美な響きだろう。

ビクターの極上の微笑は、悪い遊びをするとき独特の背徳感も漂い、ひどく魅力的だった。

悪い遊びなんてしたことがない。誘われたことすらないマチルダでも、その笑みの背徳感に心を揺さぶられてしまう。

「かわいいマチルダと秘密のことをもっとしたいな……」

下肢から下着を剥ぎとりながら言うにしては、ずいぶんと甘い甘い誘惑だ。

そんな言葉を囁かれて、どうして逆らえるだろう。

（ああ……だって仕方ないんだから。ビクター様の命令には逆らえないんだから）

「わたしも……ビクター様と……秘密のこと……したいです……」

してはいけないと思っている昼間にベッドの上で半裸になっているからこそ、余計にどきどきしているのだとわかっている。

背徳に墜《お》ちていくのは、仄暗《ほのぐら》い恍惚だ。

（ああ……わたし、公爵家に来てもっときちんとしなくてはと思っていたのに……）

実際には正反対のことをしている。実家では、昼間から情事に耽《ふけ》るなんてことは絶対に許されないはずだ。

自分のベストを脱いで床に落としたビクターは、飾り帯を外して、トラウザーズの前を寛《くつろ》げる。衣擦《きぬず》れの音にどきどきと鼓動が高鳴った。

「マチルダ、そんなに真っ赤な顔で誘われると、僕は困ってしまうな……」

まるでため息を吐くように言われて、耳がくすぐったい。

吐息を感じるほど、ビクターの顔が近い。

零れ落ちた白金色の髪を自分の耳にかけるビクターは、たまらなく色気を帯びていて、マチルダは喉が物欲しそうに鳴るのを感じた。

捕食動物の、獰猛《どうもう》な色気だ。畏れを感じるのに、目が離せない。

近くで見るには目の毒な色香に、くらくらと頭の芯が痺れてくる。

「ん……ンぅ……」

近づいてきた端整な顔がそのまま唇を塞ぐ。

ビクターの腕に抱きしめられながら、貪るようなキスをされていた。脚に脚が絡まって、肌にトラウザーズの生地が擦れる。

ざわざわと総毛立つような気持ち悪さと、甘いおののきとが同時に襲ってきて、息ができない。

「……っふ、ぅ……ンんぅ……ッ」

そういう気分だと言うだけでなく、本当に息が苦しい。マチルダの声に、愉悦だけでなく、呻《うめ》く気配が入り混じったからだろう。

ビクターの指先が髪を梳くように撫でて言う。

「マチルダ、唇をずらしながら、少しずつ息を吸うと楽だよ」

(唇をずらしながら……)

ぼんやりとビクターの声を聞いて、言われるとおりにする。しばらくしたら楽にキスできるようになってきたが、今度は口腔にビクターの舌が入ってきて、もうわけがわからなくなった。

自分とビクターが溶けて、ひとつになってしまう心地に溺れる。

舌というのは思っていた以上に敏感で、他人の舌に搦《から》め捕られると、ぞくぞくと愉悦を感じる。その事実を初めてマチルダは知った。

「あ……はぁ……あぁん……」

誰ともつかない唾液を零しながら、しどけない息が漏れる。

(キスをしたのも、今日が初めてなのに)

これまで知らなかった深いキスをしてしまった。昼間から、こんな淫らな格好で舌を絡め合うなんて、思ってもみなかった。

――でも……。

ぞくり、と背筋に震えが走る。

（ビクター様となら……もっと深いキスをしたい）

ふたりだけの秘密が欲しい。背徳的で淫らな秘密を、もっともっと。

ビクターがシャツとトラウザーズを脱いで、裸になるところも見たい。なのに、実際に見ようとすると恥ずかしくて正視できない。

彼の裸を見るのは、自分の欲望と向き合っている気がしていたたまれないのだ。

それでも、やっぱり今日ビクターがそばにいてくれてよかったと思っている自分がいる。

もし、王太子殿下と一緒に行ってしまったとしたら、いまマチルダはひとりだったのだ。

もちろん、侍女のエリーはいるし、公爵夫妻だってお話ししてくれるかもしれない。

でも、ビクターとは違う。

「…………マチルダ？」

低い声で名前を呼ばれると、どきどきする。もっと名前を呼んでほしい。

頬を撫でながら名前を呼ばれると、甘い酩酊《めいてい》に襲われて、この昼間からの情事に自分がどんどん溺れていくのがわかった。

ビクターはストッキングを脱がした足を手に捧《ささ》げもつようにして、

「やっぱりマチルダは足の爪も綺麗だね。ほどよい四角さと丸さ。深爪になっていないし、ひび割れてもいない。甘皮の大きさも申し分ないし、なにより、綺麗な桜色だ……」

足はまた今度と言われたのに、ちゅっと足の親指の爪にキスをされて違う意味で震えた。

「ビクター様、足はダメです！　せめて足を洗わせてください……き、汚いですから！」

公爵家に来てから足を洗っていない。

それなのに端整な顔を近づけられて、今度は違う意味で眩暈がした。

普通の人ならきっとしない。いくら結婚したとは言え、爪に突然、口付けたりしない。

「大丈夫。僕は爪の鑑定には自信があるし、病気を持っているかどうかは見ればわかるから。マチルダは手同様、足の爪も健康そのものだよ？」

そう言って今度は足の甲にちゅっとバードキスを落とされた。その生々しい感触に、びくんと体が跳ねる。

「け、健康とかそういうことではなくて……ビクター様ぁ～～～」

どう言えばわかってもらえるのだろう。

すりすりとふくらはぎを撫でられるのはまだましなほうなのだろうか。それともマチルダが知らないだけで、爪にキスをされるのは夫婦としては一般的な営みなのだろうか。

真っ赤な顔で涙目になっていると、ベッドがきしり、と音を立てる。膝をついたビクターが動くたびにその振動が伝わってくるせいだ。

手を拘束されているせいで、ビクターが足下に顔を埋めているのが見えないのは、マチルダにとっていいことなのかどうか。

くんくんと足に鼻を近づけて、匂いを嗅がれているなんて。

いくらなんでも命令を聞くと言ったからといって、マチルダの尊厳は台なしだ。

「だってマチルダの足は手と同じでいい匂いがするし……これはラベンダーかな」

ぺろり、と味見をするように舌を這わされて、ぞくぞくと体の芯から溢《あふ》れるなにかがあった。

びくんっとまた体が跳ねたのは、足に触れた舌からも伝わってしまったのだろう。

ビクターは顔を上げて、にこにこと言う。

「びくびくするマチルダ、すごいかわいい……それに、すごい……ここ濡《ぬ》れてきてる」

下肢の狭間《はざま》が潤みはじめて、脚と脚を擦り合わせていたのを悟られていたらしい。するりと指を伸ばされて、あえかな声が零れた。

「……ッぁあ……冷た……ッひゃ、ぁあ……ッ！」

熱く火照った淫唇にビクターの指が触れると、指先は思っていたより冷たく感じる。肌に触れられていたときにはわからなかったのに、冷たい刺激がまた愉悦を呼び起こす。

その指がちゅくりと濡れた音を立てて蠢くと、なおさら感じてしまい、マチルダは体をくねらせずにはいられなかった。

（ああ、でも。メルベリー子爵はハーブくさい女は嫌だとおっしゃっていたのに、ビクター様は違うのね……）

以前にも同じことを言っていた。いい匂いがすると言って爪を舐められたときのことだ。

（あのときは舐められたことに驚いてしまって気にも留めなかったのに、いまになって思い出すなんて）

自分がいい匂いがするのかはわからない。でも、こうやってビクターに触れられていると、自分の体からいい匂いがすればいいいななんて考えてしまう。

「あ、あぁぅ……ふぁ……ンぁあっ……」

片方の手でくちゅくちゅといやらしい音を立てながら、ビクターはいまさら思い出したように、サイドテーブルに並んだ小壜からひとつを手にとった。

小壜の中身を手のひらに落とし、また淫唇へと指を這わせる。

今度はさっきよりも滑らかな感触が伝わってきて、びくびくと体が痙攣《けいれん》したように跳ねた。

香油を塗られたとわかったのは、自分から溢れる液の匂いとともに甘くすんだ香りが漂ってきたからだ。

マチルダの知らないそれは、やけに優雅な淫らさを感じさせる香りだった。

「初めては痛いって言うから、少し慣らしたほうがいいね、きっと。僕も初めてだから、痛かったらそう言ってね」

「ひゃうっ……は、初めて⁉ っンぁあ……あっ、あっ……ぁあんっ……」

他人に触れられたことがない場所は、まだ硬い蕾のままだ。それでも、やさしく愛撫されると、愉悦が湧き起こる。

（初めてって……初めてって聞こえたのですけど……）

手慣れた様子からは、とても初めてに見えない。

「あぁ……マチルダはここが気持ちいいのかな？ ほら、胸の先も硬くすぼまって……僕を誘ってるんだね……いけない子だ」

――わたし、誘ってなんかいません。

そう言おうとしたのに、声にならなかった。

ビクターの舌が硬くしこった胸の先に伸びて、くるりと括《くび》れを辿《たど》るように弄んだからだ。

「ンふぅ……あっ、あぁ……あっ」

びくびくと痙攣したように腰が跳ね、コルセットの上に露わになった乳房もふるんふるんと揺れた。

「あぁん……ビクター様、待って。ふぁ、ダメ、です……それ、は……ぞくぞくしすぎて、っあぁ……頭が……おかしくなりそうです……ぁああっ！」

待ってとお願いしたそばからまた舌でつつかれ、マチルダの濡れた唇から嬌声が迸《ほとばし》った。

潤んでいた瞳から、堪えきれずに一雫《しずく》の涙が頬に零れる。

悲しい涙ではない。ただ、情動を強く揺さぶられすぎて、どうしても瞳が潤んでしまうのだった。

（だって……こんなのこんなの……）

どうしたらいいかわからない。

嫌じゃないけれど、受けとめきれない。

ふるふると頑是ない子どものように首を振って、ダメだと重ねて訴えていたのに、

「じゃあ、僕の指でおかしくなってしまえ」

どちらかというとやわらかい物言いをするビクターから、命令口調で言われて、その言葉の調子にこそ心を乱された。

自分でもめったに触らない場所でビクターの指が滑らかに動くから、悩ましげに腰が揺れる。

膣道がひくひくと、もの欲しそうに収縮する。

「あっ、あっ……ビクター様……わっ、わたし……ンはぁっ……」

なにかが体の奥から湧き起こってくる。

そう思った次の瞬間には、頭のなかが真っ白になった。

強い愉悦に飲みこまれて、びくんびくんと痙攣したように体が跳ねた。

「んっ、うまく絶頂に達せたね。いい子だ、マチルダ。次は……と、指を入れて慣らすから少し痛いよ」

絶頂とはこういうことかと、本で読んだ知識に納得する一方で、薄目を開けてこくこくとうなずくのが精一杯だ。

ぺらり、とページをめくるかすかな物音がする。なにをしているんだろうと思ったら、ビクターは皮の背表紙の本を見ているのだった。どうやら小壜と一緒にサイドテーブルに置いてあったらしい。

(初めて……本当に初めて⁉)

とてもそうは見えない。

だってマチルダは十分翻弄させられていて、この間に本を読んで手順を確認しろと言われても無理だ。

そんなことにマチルダが衝撃を受けているとは夢にも思わないのだろう。ビクターは香油をさらに指に足して、淫唇の奥へと指を伸ばした。

「んぁっ、ああ……は、ぁ……ビクター様、それはっ……い、痛い……ですッ」

たまらずに涙声で訴えたけれど、ビクターの答えはちゅっと鎖骨のあたりに口付けてくれただけだった。

「大丈夫。慣らしたほうが痛くないから……ほら息を吐いて……吸って……そうそう。ほら、マチルダの下の口が僕の指を呑みこんでいくよ」

見えないのに、ビクターの指が体のなかで動くのがわかると、唐突に恥ずかしさがよみがえり、頬が熱く火照った。

（わたしのなかにビクター様の指が……どうしよう）

想像すると卑猥《ひわい》で耐えられないのに、心の片隅では少しだけうれしい気もする。

指を増やされて抜き差しされる感触は痛いのに、奇妙な気分だ。ビクターの「初めてだから」という言葉を信じて、もう少しだけ耐えようと思っているうちに、どうにか慣れてきた。

ときおり、淫唇や胸の先を愛撫されたおかげもあるかもしれない。痛みではなく快楽を呼び覚まされると、下肢の狭間に異物があることを少しだけ忘れられる。

「じゃあ、そろそろ挿入するから……これは痛いかもしれないけど、ちょっと我慢してね」

首を伸ばして、ちゅっと唇と唇を軽く重ねられると、なんでも許せてしまうから不思議だ。

舌を絡み合わせるキスも溺れてしまうけれど、こういう軽い啄《ついば》むようなキスも、それはそれで親しい相手とだけ交わす愛情表現のようで、胸がきゅんとなる。

膝に手をかけられて、ビクターが覆いかぶさるように腰を近づけてくると、反り返る肉棒が見えた。思っていたより大きい。硬く膨らんでいてちょっと怖い。なのに、

「ごめん、ね……かわいいマチルダがいやらしく誘ってくるから、我慢できそうにない……」

そんなことを言われた瞬間、怖いという気持ちを吹き飛ばされてしまった。

(ずるい。ビクター様はずるい……わたし……でも)

自分の感情がビクターの言葉にぐらぐらと揺れて、きゅんきゅんと恋をさせられてしまう。

ずずっ、と体を割り開かれて、肉棒が膣の奥へと進むと、血の匂いがかすかに漂った。

自分は本当にビクターに抱かれてしまったのだ。そう実感して、痛みとは別のところで、充足感を覚えてもいる。

「っはぁ……あぁ……ビクター様は、本当に本当に初めてなのですか?」

「そうだよ。マチルダの初めては僕のものだし、僕の初めてもマチルダのものだ。これで本当に僕たち夫婦になったね」

マチルダの体を貫きながら、ビクターは器用に手を伸ばして、ベッドの飾りに結びつけていたマチルダの手を解放してくれた。

腰を抱き寄せながら、もう片方の手はマチルダの手を掴んで、手の甲にちゅっと口付ける。

「爪紅が綺麗に乾いてる……マチルダのこの綺麗な爪も僕のものだよ」

うっとりした声で囁きながら、また爪にキスをする。舌を指に這わされる。

もう何回もされたせいで、だいぶ慣れてきたと思ったのに、ぞわりと肌が総毛立つようなおののきが湧き起こった。

（なぜそこまでわたしの爪が好きなの？）

過ぎた執着に少しだけ震える。

なのに、腰を動かされると、そちらの衝撃のほうが強くて、意識が遠のいた。

「っぁあ……はぁ、ぁあ……」

ふぅっと意識が遠のきそうになったところで肉槍を引き抜かれ、また押しこめられるのは痛い。たまらずに声が漏れる。

指と指を絡めるようにして、力強い腕に腰を抱きしめられていなかったら、意識を完全に手放していただろう。

ぎゅっと手を握られていると、少しだけ甘やかな気分がよみがえってくるから、痛みとときめきと、いま自分がどちらを味わっているのか、よくわからなくなる。

（でも、これは覚悟していたことだし……やっぱり相手がビクター様なのは……うれしい）

ふと自分の手を見れば、確かにビクターが塗った爪紅は艶々と美しかった。まるで自分の爪じゃないみたいだ。

マチルダが自分の爪に視線を落としたのを、どういう意味だと受けとったのだろう。

ビクターはマチルダの頬に手を伸ばし、頬に張りついた髪を掻きあげるように愛撫した。

「大丈夫。まだ足の爪も残っているし、マチルダの爪はまた別な日にお手入れさせてもらうから……だから今日は気持ちよくイっていいよ？」

ビクターは極上の笑顔を浮かべながら言う。

気持ちよくイくとは、どういう意味だろうか。そもそも、マチルダの爪を手入れすることでビクターになんの得があるのだろう。頭のなかでは警戒音がひっきりなしに鳴っていたけれど、体は言うことを聞いてくれなかった。

何度も抽送を繰り返されているうちに、いつのまにか、下肢からも愉悦が引き出されるようになっていて驚いた。

「……っンぁあ……は、ぁん……あぁっ、あ……ふ、ぁあン……ッ」

苦しげな嬌声にも、次第に鼻にかかった調子が入り混じる。

どちらにしても、マチルダはビクターと結婚してしまったのだ。もう引き返せない。

（それに……）

――この甘やかな指先から離れたくない。

そう思っている自分がいた。

指と指を絡め合って繋ぐのは、オペラの恋愛もので流行っていて、マチルダも秘《ひそ》かに憧れていたのだ。

「すごい……マチルダのなか、締めつけてきて苦し……いや、気持ちいい……」

肌が密着するほど近いから微妙な声音まではっきりと聞きとれてしまう。

苦しいのか気持ちいいのか、どっちなのだろう。

汗ばんだ肌と肌が擦れ合う瞬間、マチルダは気持ちいい。ビクターの手が腰を撫でる瞬間も。

（ビクター様も同じ気持ちだといいのに……）

そんなことを考えているうちにみっちりと膣に収まった肉槍を動かされ、引き攣《つ》れるようにして腰の奥が強く疼いた。

「ごめん、マチルダ。なるべく長く我慢するようにって本には書いてあるんだけど……そろそろ限界。精を出していい？」

まさかこんなことまで聞かれると思わなくて、こくこくと必死にうなずき返す。

声を出すのも辛いから、うなずくのが精一杯だ。

ぞくん、とひときわ大きく体の芯が脈動したと思ったら、ビクターの肉槍が感じるところまで抉《えぐ》りあげた。息が全部出てしまうくらい、苦しい。でも、頭のなかが真っ白になるくらい気持ちいい。

(やっぱりビクター様の言っていたとおりかも……)

相反する感覚でも同時に襲ってくることがあるのだろう。

「あっ、あっ……もぉ、もぉ……はぁ、っンぁああ――……ッ」

ぞくり、と雷に打たれたような感覚が体のなかを走った。気持ちいい。でも、心許《こころもと》ない。

体の奥に精を放たれた感覚がして、どろり、と粘ついた液が太腿《ふともも》の内側を伝う。せっかく精をもらったのにこぼれてしまうなんてもったいない。でも自分ではどうにもできない。

だって、ふわり、と浮遊感に襲われたあとの、気怠《けだる》い感覚は心地よい。

怠惰にずっと貪っていたい。

マチルダが恍惚に浸っていると、ちゅっと鼻の頭にバードキスが降ってきた。

「かわいいマチルダ……君はもう、僕のものだよ……」

ビクターの声には捕食動物が狩りで捕まえた獲物を独占するような、獰猛な執着が入り混じっていた。

――わたしは罠にかかってしまったのかもしれない。

そう思いながらも、頬がゆるむのを止められなかった。

† † †

昼間から情事を貪るという、背徳のよろこびを味わったあとのこと。

しばらくしてマチルダは名前を呼ばれる声で目を覚ました。

「マチルダ……マチルダ……」

ゆさゆさと肩を揺さぶられるにつれて、次第に意識がはっきりとしてくる。ぼんやりと返事をした。

「……ん、はい。なんでしょう」

ビクターの声だということはわかっていた。

寝起きのよく働かない頭でも聞き分けられるくらいには、ビクターのことを信頼している証《あかし》だ。それに、ビクターの声はほかの人にない独特の調子があった。

自分のやることは正しいと思っていて迷いがない。そして、甘い。どういうわけか、ひどくマチルダを甘やかしてくれる気配が漂う。

そんなビクターの言葉で、まだ寝惚《ねぼ》けていたマチルダは、目をはっきりと覚ました。

「湯浴《ゆあ》みをしたほうがいいよ。疲れて眠ってしまっていたけど、汚れを洗い流したいだろう？

歩けないなら抱っこして浴室まで連れて行くから」

「え……だ、抱っこ？」

マチルダはがばっと上掛けを剥《は》いで、上半身を起こした。すると目の前にいたビクターがガウンを肩から掛けてくれる。

半裸の状態で意識を失っていたからだ。

ほら、行こうとばかりに手を差し出してにっこりと笑うビクターは、ある意味、凶悪な甘やかしモンスターだ。口にしたからには絶対にやる。

一般常識や恥ずかしいという抵抗感は、ビクターの前では無縁なのだ。

マチルダはそろそろその事実を理解しつつあった。

「び、ビクター様、わたし自分で歩きたいです……あっ」

ここは自分の意志をはっきりさせたほうがいいと思い、スリッパに足をかけて立ちあがろうとしたのにダメだった。ずくり、と下肢の狭間に痛みが走り、腰が砕けてしまったのだ。

「ほら、やっぱり抱っこのほうがいいだろう？」

よろけたマチルダを抱きとめて、そのまま軽々と腕に抱きあげられてしまう。

「う……ううう……」

（いいのかしら……いいえ、わたしはもちろんいいのだけど……）

甘やかされすぎて怖いという、突然の幸運に対する警戒心はもちろん残っている。でも、抱っこされるのを回避したかったのは、まったく違う理由からだった。

侍女のエリーだ。

ビクターの腕のなかで焦っているうちに寝室を出て、続き部屋のひとつに通される。明るい温室だった。天井の一部がガラスになっていて、光がさんさんと射しこんでいる。部屋の中央には大きなバスタブが備え付けてあるから、ここが浴室なのだとわかる。そのバスタブの前には、侍女のエリーと一緒に気難しい顔をした背の高い老女が立っていた。

「マチルダ、彼女が侍女長のシーラだ。シーラ、この子がマチルダだよ」

腕に抱えられたまま紹介されてしまった。

エリーはどんな顔をしているだろうと思ったら、一瞬、苦虫を噛みつぶしたような顔をしただけだった。なにか言いたいことがあるのはわかる。しかし、この場で突っこめない気持ちもまたよくわかる。

「じゃあ、綺麗にしてもらって休んでおいで。夕食までには少し時間があるし……夜は長いからね」

やさしい言葉をかけられたと思ったら、なにか危険な言葉が混じった気がする。

（夜……初夜だからまたとか言われたらどうしよう……！）

マチルダが顔を紅《あか》くしたり青くしたりして動揺していると、

「僕は用事を片付けてくるから」

ビクターはマチルダを浴室に残して、にこにこと去っていく。

――怯えたマチルダの警戒心は悲しいほどに正しかった。夜は夜で、

「今日が夫婦の初夜なんだから、妻を抱いて当然だろう？」

そんな台詞《せりふ》を吐くビクターにマチルダは逆らえなかったのだった。

第四章　わたし、本当に理想の花嫁なんですか？

目が覚めても、まだ夢の続きがあるなんて、それこそ夢みたいだ。

正直に言えば、信じられない。

そもそもマチルダにしてみれば、ビクターとの結婚からしてあまりにも都合がいい夢で、頬をつねれば、すべてが消えてしまう妄想だと思っていたくらいだ。なのに、夫婦の契りを交わして一夜明けたあとも公爵家の華麗なお屋敷は消えていなかった。

レースのカーテンがかかった天蓋《てんがい》のベッドに手のこんだ造りの部屋。

飾り窓の外には手入れの行き届いた庭が広がり、刈りこみのされた植木は整然と美しい。

侍女のエリーに着替えさせてもらって朝食の席に着けば、公爵と公爵夫人はあいかわらずマチルダを歓迎してくれていて、にこやかに会話が進む。

「本当に本当にマチルダさんが来てくれてよかったわ……」

「ビクターが君を理想の花嫁だと言っていただけはある！」

公爵夫妻はあいかわらずそんな調子で、昨日の、王太子殿下からの要請に従うようにマチルダがビクターに言い聞かせたことを絶賛してくれていた。

なにもかもが夢にすら見たことがなかった極上の新婚生活。

絶賛、理想の花嫁。

自分がそんなものになったという実感はないのだが、これは現実なのだ。

和やかな朝がしみじみとその事実をマチルダに伝えてくる。

昼間だけでなく夜もビクターに抱かれたせいで、いまは少しかったるい。ともすれば欠伸《あくび》が零れそうになるのを堪えながらも、朝のさわやかな空気に満たされてた。

（これが……これが新婚の朝……！）

美しいモーニングルームで義理の両親とともに食卓を囲む。そんな感動に浸っていたマチルダは甘かった。

「ダメだよ、僕が休暇を返上して宮殿に行くのはマチルダのせいなんだから、一緒に行ってくれなくちゃ、やだ」

朝食が終わるころに、ビクターがそう言い出したのだ。

「……や、やだぁ？」

マチルダはずるりと椅子からずりおちそうになった。

いい年をした青年が。王太子殿下から会議に出てこいと望まれるほどの人が。なにより、整った美貌を持つビクターの口からそんな言葉が出てくると思ってもみなかったからだ。

「で、でもビクター様はお仕事なのでしょう？　さすがに王宮の仕事場に妻がついていくのはおかしいですよ」

「じゃあ、行かない。だって今日はもともと休暇の予定だったのだし。僕は僕の休暇を得る権利を行使する」

「ビクター様！」

まるで駄々《だだ》っ子を相手にしているみたいだ。

お茶のカップを手にして平然と飲んでいるビクターを隣りに見ながら、マチルダはふるふると震えていた。一方でテーブルを挟んだ向かいに座る公爵夫妻はじっとなにかを期待するようにマチルダを見ている。

（うっ……わたしにはこれ以上は無理です！　そんな期待した目を向けられても困ります！）

この家はいつもこんな調子なのだろうか。

ビクターの我《わ》が儘《まま》に振り回されて、だから、王太子殿下だってわざわざ公爵家に踏みこんできたのだろうか。

（あ、ありえそう！　ビクター様ならやりかねない……）

まだほんのわずかな間しか一緒にいないが、マチルダはビクターのことを理解しつつあった。

公爵夫妻の様子から考えても、ここまで我を張ったビクターが簡単に自分の考えを引っこめるとは思えない。

(もし、ビクター様が公爵家のこの屋敷に残ったとして、昨日のようなことに昼間からなったら……さらにもしそこに、王太子殿下がまた踏みこんできたら……)

マチルダは最悪のことを想定して、顔面蒼白になって震えた。

(百歩譲って、昼間から情事に至るのはまだいいとして、王太子殿下が踏みこんでこられるのは、困ります!)

あの様子ではハウゼンの抑止力には期待できそうにないし、王太子殿下は王太子殿下で、ビクターの顔を見るまで絶対に突き進んできそうだ。いくらここが公爵家のお屋敷とはいえ、王太子殿下にはそれだけの権力もある。

そこまで考えて、マチルダが最悪の事態だけは回避したいと思ったとして、なんの罪があるだろう。

「……じゃあもし、わたしが一緒に王宮に行くと言ったら、ビクター様も王宮に行くのですね?」

念のため。そう、念のためにマチルダはちらりと横に座るビクターに尋ねた。

ビクターを前にして話すときは、石橋を叩《たた》き割《わ》るぐらいの慎重さでちょうどいい。

「マチルダが一緒に行ってくれるの⁉」

ビクターはぱっと表情は明るくして、マチルダの手をとった。まるでご主人様が遊びの道具を手にしたとたん、ぴんと耳を立てた犬のようだ。背後にぱたぱたと大きく振られたしっぽが見える気がする。

「それなら、王宮に行ってもいいよ」

そう言って、中指の爪にちゅっ、と甘ったるいバードキスを落とす。

この手のひら返しの態度はどうなのだろう。

でも、公爵夫妻までもがマチルダに感謝するようにぱっと明るい表情になっていたから、いまのは仮定の話で、まだ了承したわけではありませんとは言い出せなくなってしまった。

（う、ううう……躾……大型犬……いや、狼の躾かもしれない……）

たとえ、いまはマチルダの言うことを聞いてくれたとしても、ちょっとした拍子で彼が豹変《ひょうへん》することを忘れてはいけない。

マチルダは最大限の警戒をして、次に釘を刺す言葉を言おうと思っていたのに、ビクターが動くほうが早かった。

「じゃあ、出かける準備をしようか。シーラ！　シーラ、マチルダの訪問着を用意しろ！」

ビクターに手を握られて朝食室を引きずられていくマチルダに、公爵夫人は頑張ってといわんばかりにハンカチを振って見送ってくれただけだった。

† † †

巨大な門をくぐり抜け、宮殿の入口を通ってからずいぶん経《た》っていた。

(どうしてこんなことになったのだろう……)

車窓に張りついたマチルダは、馬車のなかでささやかに苦悩していた。

今日こそ公爵家のお屋敷に慣れようと思って張り切っていたのに、すでに予定は台なしである。

しかし、ビクターの我が儘に逆らう手段をマチルダは持っていない。あの様子では、公爵夫妻だってビクターが言い出したことを止めることはできなさそうだ。

つまり、マチルダはビクターの我が儘を叶えてあげるしかない。

(王宮に、こんな形で行くことになるなんて思ってもみなかった……)

妻同伴の出勤である。

言葉面の情けなさはさておき、がたがたと石畳が敷かれた道を馬車は軽快に通り過ぎていく。

車窓の外には緑が溢れているが、すでに宮殿のなかだから、道は綺麗に整備されていた。

宮殿と一口に言っても、広い。

見通しのいい庭が整備され、ゆったり歩いて見ていたら一日あっても足りないくらいだ。点在している建物から建物へ移動するだけでも、馬車が必要な広さなのだった。

イルミントン王国では行政施設は別な場所にあるから、王宮に来るのは基本的に貴族だけということになる。

しかし、マチルダがよく訪れていた貴族院を過ぎ、それから三回も誰何《すいか》されたから、ずいぶんと厳重な警戒をする区画に来たようだ。

近づいてきた白亜の建物を見て、マチルダは不安げに訊ねた。

「ところであのぅ……いまさらなんですが、ビクター様は……どちらにお勤めなんですの？」

かなりいまさらな質問であることはよくわかっている。

隣りに座るエリーからもさすがに、「いまですか」と突っこみを孕んだ視線が突き刺さる。

少しだけ痛い。

そもそも、王宮勤めは爵位と同じく、結婚相手の条件として好感度が高い。

はじめからお見合い募集の張り紙に記載されていることが多い。

しかし、ビクターの出していた見合い相手募集の張り紙には、ビクターの爵位も勤め先も書いていなかったし、実際にお見合いしたときにもなにも言われなかった。だから、てっきりビクターは勤めていないのだろうと思いこんでいたのだ。大貴族の御曹司の場合、領地の運営に労力を割いていることも多いからだ。

しかし、王太子殿下が会議に出てこいとわざわざやってくるくらいだ。ビクターが要職に就いていることは疑う余地がない。

それに、王宮の奥深くまで馬車を進められることは一種の特権だ。

最後に誰何《すいか》した衛士がちらりと見えたけれど、ビクターの名前を聞いて心なしか動揺していたように見えた。

（いったいビクター様は、ほかの人からどう思われているのやら）

想像すると、漠然とわからないでもなかったが、あまり直視したくはない。

（衛兵ですら、わたしや公爵家の面々と同じく振り回しておいでなのかしら……）

ありそう。ものすごく、ありそう。

マチルダが勝手な想像をして青くなっているうちに、車寄せに着いた。

異国風の大きな柱を持つ建物は威風堂々として、壮麗だ。あちこちに異国の神の彫像があるのは、一時期、流行っていた建築様式らしい。

古めかしくも重厚な印象があるエントランスがマチルダを待ち受けていた。

「ここは軍の研究所だよ。と言っても、最近は武器開発だけじゃなくて、作物の品種改良とか化学薬品の製造とか色々やっていて、あちこちに研究所があるんだ。ここは第一研究所で、僕が長官ということになっている……マチルダ、手を」

ビクターは説明をしながら先に馬車を降りて、白手袋をした手をマチルダに差し出した。

「ありがとうございます……軍の研究所ですか」

豪華なエントランスは軍の威信を表しているのだろうか。公爵家のお屋敷の華麗さとはまた違う重みを感じて、マチルダは少しだけ怯《ひる》んだ。最後に馬車を降りたエリーも、初めて見るのだろう。珍しく唖然とした表情を露わにしている。

マチルダたちの動揺など、汲《く》みとってくれるようなビクターではない。

「そう、なかを案内するから、おいで」

当然のように言ったビクターは、マチルダと手を繋いだままエントランスの階段を上りだした。

「案内って……ま、待ってください、ビクター様！」

手を繋いだままではなく、マチルダがビクターの肘にそっと手を添えるのが夫婦としての美しい姿ではないだろうか。

仕事に行くために、今日のビクターは極上の正装をしているというのに、やることはいつものビクターなので、そのギャップに心がついていけてない。

「なに？　抱きあげて階段を上ったほうがいい？　遠慮しないでいいよ、僕はマチルダひとり抱きあげて階段を上るくらいの力はあるから」

そんなとんでもないことを言い出したビクターが、マチルダの腰にするりと手を回すのに気づいて、とっさの防衛本能で、手をぎゅっと握った。

「ち、違います！　自分の足で歩きたいので普通のエスコートでお願いします！」

「ええ……マチルダは遠慮しいだなぁ……」

なぜ、ここで抱きあげられたくないことが遠慮になるのか。

（常識。常識はビクター様には通用しない！）

さすがにマチルダも少しだけ学んだ。「普通はこうする」という考えはこの人には通用しないのだと。

「わ、わたしがビクター様と並んで、エスコートされて歩きたいのです。それでも、マチルダのお願いを聞いてくれませんか？」

あえて強めの口調で主張してみた。

だってここは王宮のなかで、研究所の入口には衛兵も立っているのだ。

ちゃんとしたエスコートで歩きたい。中身はニセモノにすぎなくても淑女っぽい空気に浸りたい。

（ビクター様の正装がこんなに素敵なんだから、わたしだって堪能しながら歩きたいです！）

心のなかは本音がダダ漏れだった。

「……もちろん、マチルダのお願いなら僕としてもやぶさかではないよ」

そう言うと、ビクターは体を屈めて、マチルダの手の甲にちゅっと儀礼的なキスを落とした。

まるで騎士が剣を捧げるお姫様にキスをするかのようで、一枚の絵のようにさまになっている。どきどきしてしまう。

いつもは無表情のエリーさえ、目を瞠っているのが目の端に見えた。

ビクターは見た目だけは極上の貴公子なので、こういう仕種をされるとマチルダは弱いのだ。きゅん、と心臓を鷲掴《わしづか》みにされてしまった。

なにせ、今日のビクターは正装を纏っている。

お見合いのときのフロックコート姿ではなく、黒い軍装だ。

大きな襟の折り返しに金糸の刺繍《ししゅう》。それも正装のひとつなのだろう。右肩はマントの裏の赤を見せるように身につけている。

つばのある軍帽も上着と同じ黒で、肩にかかる白金色の髪を一層引き立てていた。金糸の飾り紐《ひも》がビクターの動きに合わせてわずかに揺れる様さえ、絵に描いてとっておきたいくらい格好いい。

その、いつもと違う服装で形式張った振る舞いをされると、ため息を零したくなるほど素敵だった。

ビクターの凜々しい相貌とよく似合っていて、馬車に乗っているときからずっとマチルダはビクターのことを何度もちらちらと盗み見ていたくらいだ。

レッケンベルグ公爵家は軍閥だという知識はあったものの、マチルダが知るビクターは、ちっとも軍人らしくないから、その落差に妙に胸が高鳴る。

(どうしよう……ずっとビクター様を見ていたい……)

あまりにも感動しすぎて、マチルダの手は震えてしまっていた。

これこそが妄想の続きだと言われたら信じてしまいそうなほど、憧れの場面だったからだ。

素敵なパートナーの男性にエスコートされて王宮の舞踏会に行ってみたい、などという子どもじみた夢を、マチルダも人並みに持ち合わせていた。

今日は舞踏会に訪れたのではないとわかっている。ここはビクターの勤め先で、妻同伴の出勤なんて、体裁が悪いことも。

でも、軍装のビクターを見ているだけで、しあわせな気持ちになれる。こんな気持ちを誰も咎めはしないだろう。

王太子殿下もいる会議に出席するから、正装をしなくてはいけないらしいが、これだけは、ひっそりと王太子殿下に感謝していた。

「じゃあ、マチルダ。行こうか」

ビクターが差し出す手に手を添えて歩き出すと、ふわふわと気分が浮き立った。

王立第一研究室というプレートを掲げられた扉をくぐると、軍装の若者が、

「長官、おはようございます」

「長官、今日は来てくださったのですね」

などとわらわらと集まってきた。みな揃いの軍服を着ているが、役職が下なのだろう。ビクターより肩章の線が少なく、飾り気のない服装だった。

「失礼ですけど、長官。そちらの女性は？」

なんの気ない質問に、ビクターが軽い調子で答える。

「僕の妻だよ。結婚したんだ」

「は？」

「長官の……奥様、ですか？」

誰にしても唐突な話だったのだろう。疑問の声がいっせいにあがったと同時にマチルダに視線が集まる。

彼らの困惑はマチルダとしてもよくわかる。でも、一応、本当のことだ。

マチルダでさえまだ実感はないが、こうやって他人に紹介されながら少しずつ湧いてくるものなのかもしれない。

「ビクター様の……っ、妻のマチルダです。よろしくお願いします」

自ら名乗るのは恥ずかしいが、これも試練だ。

少し言葉をつかえてしまったけれど、マチルダとしては上出来だ。ふぅーっとやり遂げた気持ちに満たされていると、

「マチルダが自分から妻だと名乗ってくれるなんて！」

と感極まったビクターからいきなり抱きつかれてしまった。

「きゃあっ、ちょ、ちょっとビクター様。ひ、人前ですよ？　離れてくださいませー」

ぎゅっと腕のなかに収められた格好でもがくのは大変だ。なにせ身長差があるし、ビクターのほうが力が強い。

でも恥ずかしいのだからもがくしかない。そんなふうに、じたばたするマチルダと満足そうなビクターを見て、ビクターの部下たちは思うところがあったらしい。

「うわぁ……まさか本当に長官が結婚するなんて……くっ、うらやまし……いやいや」

「やっぱり身分と金の力は偉大……」

ビクターのやることを肴《さかな》に雑談するくらいなら助けてほしいと、真っ赤な顔で視線を向けたけれど、「無理です」ときっぱりと首を振られてしまった。

(ううう……どうして誰も彼もわたしを生《い》け贄《にえ》のごとくビクター様に差し出して助けてくれないの⁉)

マチルダとしては必死にビクターの腕から逃れようともがいているのだが、傍から見たら新婚が、ただいちゃついてるようにしか見えないことに気づく由《よし》もなかった。

「ビクター様、く、苦しいです！」

そう訴えると、さすがに腕がゆるんだ。

「あ、ごめん。マチルダがかわいいことを言うから、つい」

へにょりと美貌をほころばせて言われると、マチルダとしても怒るに怒れない。

(ビクター様はまたそうやってすぐにかわいいとかおっしゃって……もうもう)

褒め言葉慣れしていないマチルダは、さらりと反応できないというのに、どうしてくれよう。

マチルダとしては本当に困っていたが、そんなやりとりを目の前で繰り広げられたビクターの部下たちは、もっとやるせない表情になっていた。

「あー……長官が新婚になる日が来るなんて……」

「マチルダさん、正気ですか。部下の身で言うのもなんですが、長官は生粋の変人ですよ？」

「そうですよ。怪しい実験につきあわされたくなかったら、早く別れたほうがいいですよ？」

心底、真剣な口調で進言されてしまった。

そこで初めて、マチルダは研究所だというこの部屋の奥に、怪しい器具があることに気づいた。建物の奥の薄暗い場所には、マチルダには理解できない金属の管やガラス壜が並んでいて、動物の死骸が浸《つ》かっているのも見てとれる。

「怪しい実験……」

軍の研究所で行う怪しい実験とはなんだろう。

公爵家の広間に飾られていた無数の動物の剥製を思い出して、マチルダは一瞬死んだ魚のような目になった。

しかし、マチルダがじわりと後ずさりしようとしていても、ビクターは空気を読んではくれない。むしろ、実験に興味を持ったと勘違いしたようだ。手を強く握られて、奥へと引っ張られてしまった。

「そうそう、この間作ったばかりの新作があるから、マチルダにも見せてあげるよ！　こちらにおいで」

「え、ええっ!?　いいです。遠慮いたします！　軍の研究所の成果物ということは機密事項でございましょう？　わたしごときが見ていいものじゃないはずです。ご遠慮願います〜〜」

マチルダは言葉を尽くして辞退申しあげたのに、無駄だった。

ビクターはマチルダが心底嫌がっているとは思っていない。謙虚に辞退していると勝手に思いこんでいるらしい。

（違うのに……怪しい実験を見たくないんです、ビクター様、察してくださいませ。お願いですから～～～）

心のなかでどんなに涙を流しても、全然通じない。

「いいからいいから。長官の僕がいいって言ってるんだからいいんだよ。もう……マチルダは遠慮しいだなぁ」

鼻歌交じりのビクターは、奥の部屋へとマチルダを引きずっていく。いったいこれからなにがはじまるのか興味があるのだろう。

ビクターの部下たちも、あとをぞろぞろとくっついてきた。

「はい、ここに座って」

背もたれのない椅子に座らされると、ビクターは部屋の奥からどこかで見たような手持ち付きの箱を持ち出してきた。

旅行鞄《かばん》を小さくしたような革張りの箱だ。

なんだかとても既視感があった。

昨日の夜の出来事だ。さすがに忘れられるわけがない。

ビクターが開いた箱には、仕切りがついて、なかには整然と小壜が並んでいる。

まるで工具箱のようだ。

目の前に座ったビクターは、そのなかから小壜を取り出し、片手に小さな刷毛を持って、にここうれしそうな顔で手を差し出した。

「はい、マチルダ。手を出して?」

あまりにも既視感溢れる出来事に抵抗する気すら起きない。言われるままに手を差し出す。

「昨日、爪紅したままだったから、このまま上塗りするね」

そう言って塗りはじめたのは、青緑色の爪紅だ。

絵画でしか見たことがない、遠い南国の海の色を思い出させる、不思議で美しい色合いだった。爪紅と言えば赤かピンクしかないと思っていたマチルダは、驚いてしまった。

(変わった色だけど……すごく綺麗……)

あまり華美な服装をしていないマチルダにも、綺麗なものに憧れる気持ちは自然とある。

自分でも現金だと思うけれど、警戒していたことを忘れて、思わず頬がゆるんだ。

「マチルダの爪はいつも綺麗な桜色だから、逆にこういう変わった色を塗ると、肌のみずみずしさが引き立つかと思って」

薬指の爪だけ青緑に変わるのは奇異だけれど、とてもおしゃれだ。説明を聞かなければ、マチルダとしてもうっとりとした気分になっていた。

南国の海のような美しい青緑色の上に、細かく砕いた真珠を散らし、その周りに器用な指先が細筆で白い花を描く。

まるで小さな七宝焼きがちょこんと指の上に載っているみたいだ。

薬指の爪の上だけで完結した宝石箱のようだった。綺麗だしかわいらしいし、それにいままで見たことがない。いくら社交界に疎いマチルダでも、これが限りなく斬新なおしゃれであることはなんとなく理解できた。

「ビクター様……この爪紅はわたし、見たことがないのですが……市販されているものですか?」

「これは軍で開発した速乾性の塗料を改良したもので、こうやって上に飾りをつけることもできるんだよ? ほら、かわいい。一度マチルダにつけてみたかったんだけど、ここだけの話ね。まだ外部に持ち出し禁止の実験成果だから、秘密だよ?」

「持ち出し禁止って……ビクター様。わたし、この爪のまま帰って大丈夫なんですか。指ごと切られたりしませんか?」

真っ先に考えたのは、聞かなければよかったということだった。

軍事機密という言葉に顔色を失い、嫌な方向に妄想が振り切れる。

（どうしよう……持ち出し禁止の塗料だからって、衛兵に指を切られてしまったら……いや！まだ自分の指を失いたくない）

新婚だというのに、いったいなんで自分の指を切られる心配をしなくてはいけないのか。

半分以上パニックになっていたが、昨日さんざん言い含められたせいで、爪紅を台なしにするという考えが浮かばなかった。

ビクターが爪をふうふうと吹いて乾かすのを、茫然と見守ってしまう。

「大丈夫。僕のマチルダにそんなことさせないから……なにかあってもマチルダのことは僕が守るよ」

「ビクター様……」

言葉だけ聞いていれば、新婚の妻を大事にするいい言葉だ。

（どうしよう……『なにかあってもマチルダのことは僕が守るよ』だなんて……）

憧れの人から言われてみたい言葉第一位じゃないだろうか。思わず、胸がきゅんとなった。

しかし、諸悪の根源はビクターである。

「そもそも、長官が奥さんの爪に機密指定の塗料を塗らなければ、指を切られる心配もないのでは……」

ぽそりと呟かれた部下のツッコミで、マチルダは、はっと我に返った。

（いけないいけない……ついうっかり、ビクター様のノリに流されてしまうところだったけど、そもそもなんでわたし、王宮に来たのだったかしら？）

マチルダが王宮に来なければ、爪に塗料を塗られることもなかったはずだと、そこまで考えて、ようやく話の原点を思い出した。

「会議！　ビクター様、王太子殿下と会議に出られるのではなかったのですか？」

勢いこんでマチルダがビクターに告げたのに、ビクターはにこにこと笑っているだけだった。

「ああ……大丈夫大丈夫。どうせ長ったらしい会議だから、終わりごろに行けば」

「ダメです。まだはじまってないのでしたら、いますぐ行きましょう」

呑気なビクターの答えに即座に反応する。ダメだ。このままビクターのペースに流されてたらせっかく王宮までついてきたのに、会議をサボられかねない。

（ビクター様の躾を任されて（？）いるのだから、自分がしっかりしなくては！）

マチルダは立ちあがってビクターの手を掴むと、周囲にいた部下たちに訊ねた。まだまともな返答がもらえそうだったからだ。

「会議ってどちらでやるんですの？」

「研究所を出て少し先にある第一部議会棟です。歩くと十五分ほどかかるので、そろそろ向かわれたほうがいいかと」

ビクターの予定を管理しているらしい部下が手帳を確認しながら言う。

「じゃあ、ビクター様。行きましょう。王太子殿下をお待たせしてはいけませんから」

がしっと両手を掴んでにっこりとビクターに笑いかける。

「いや、サウラスなんて待たせてもいい……あっ、でもマチルダがそう言うならもちろん行くよ！　行くから！」

言葉の途中でマチルダが表情を変えたことに気づいたのだろう。ビクターは慌てて首肯した。

（当然でございましょう？　今日はちゃんとやると言うから昨日はビクター様の我が儘を聞いてさしあげたのですから！　昼間からあんな……夜だっていっぱい……）

思い出すと頬が火照って頭に血が上る。いたたまれない。

「……くくっ、じゃあこちらでございます。いやぁ、長官が奥様の尻に敷かれるタイプだとは夢にも思いませんでしたよ」

「本当に。いい奥様と結婚されたじゃないですか！」

（あ……あら？）

普段からビクターのやることに振り回されているからだろうか。

ビクターに言うことを聞かせるだけで褒められてしまうなんて面映《おもは》ゆい。照れてしまうけれど、うれしい。

背後でエリーが「よかったじゃないですかこのこの」とばかりに、肘でつついてきた。冷やかし混じりの振る舞いだとわかっていたけれど、自然に頬がゆるんでくるのをどうすることもできない。

(だってビクター様の軍装は眼福だし、おまけにいい奥様だなんて褒められて、悪い気がするわけないじゃない!)

相好を崩したマチルダはにこにこと、第一研究所をあとにしたのだった。

第五章　極上の貴公子の軍服姿は眼福です

王宮のなかを移動して、目的の議会棟とやらに辿《たど》り着《つ》いたところで聞き覚えのある声が飛んできた。

「ビクター、遅いぞ！　なにをしていたんだ⁉」

こちらも昨日の今日だ。聞き間違えるわけがない。

王太子殿下サウラスだ。マチルダは慌てて体を屈めるお辞儀をする。

吹き抜けになったロビーの二階に陣取って入口を見張っていたのだろうか。

マントと上着の裾を翻しながら、緋毛氈《ひもうせん》を敷いた階段をすばやく下りてきた。

正式な出で立ちなのだろう。サウラスもビクターとよく似た軍服を纏っている。

見た目だけを言うなら、王太子殿下とビクターが並んだところは、まるで誂《あつら》えた一対のように絵になっていた。

もし見合い斡旋所に通い詰める令嬢たちがこの場にいたら、黄色い悲鳴をあげていただろう。

背後に控えるエリーと肩越しに視線を合わせると、彼女も同じことを考えていたらしい。表情に出さないまま、「わかる」とばかりに、小さくうなずいてくれた。

(なんというか……なんというか……が、眼福です!)

黒髪のサウラスと白金色の髪のビクターは、見た目は対照的で黒と白といった印象だ。

黒豹《くろひょう》と灰色狼が並んでいたら、ちょうどこんな感じだろうか。サウラスの外見はビクターとは対照的で、黒髪と野性味がある顔立ちをしている。

黒豹は見た目からしてしなやかな肉食獣めいた美しさがあった。

(我ながらなかなか絶妙な喩《たと》えじゃないかしら?)

初対面の相手にさえ食ってかかってくるサウラスは、近づけばすぐに喉元へ襲いかかってきそうな雰囲気が漂う。しかし、ビクターに言い負かされていたところを見ると、話をまったく聞いてくれないというわけではなさそうだ。ビクターは逆だ。耳を倒して、くぅん、と悲しげに鳴くから、安心して近づいたのに犬じゃなくて狼だったのだ。

(ビクター様は無自覚の策略家だわ)

マチルダとしてはビクターの見た目のほうが好きだが、これはその人の嗜好によるだろう。

白金色の髪に縁取られた相貌はどこかしらやわらかさが漂うのに、ときおり冷酷な捕食動物のように、怜悧な表情になるところも見ていて飽きない。

（そのギャップがよい……至福でございますビクター様……）

整った顔立ちのふたりが並ぶからこそ、その美貌の違いが際立って見える。

しかも、揃いの軍服を着ているからなおさらよい。サウラスのことは苦手だが、観賞させてもらうという意味では、この場に現れてくれて感謝していた。

しかし、どうやらビクターは違う意見のようだ。彼が隣りに並んで話しかけてきたとたん、顔から、すん、と表情が消えた。

（ああ、もう……ビクター様ってば……相手は王太子殿下ですよ～～～）

冷や冷やしているマチルダの気も知らずに、ビクターはのんびりとした動きで腰に下げた懐中時計を確認する。

「まだ時間あるし。今日は遅刻もしてないし」

無表情に言う。

この無表情さは侍女のエリーみたいだ。

（いや、ビクター様の無表情のほうが虚無度が高いかも……）

だからといって、王宮の会議なのだから、マチルダにはどうすることもできない。

議会棟に入ったのは初めてだが、まるで劇場のようだ。エントランスを入り、階段を上がってすぐのロビーは広い。開け放した扉から見える会議場は半円形で、木製のボックスが階段状にずらりと並んでいた。

すでに何人かが着席しており、大きな会議がはじまるのだとわかる。一方で、休暇を申請していたのだから出ないと言っていたビクターは、いまも憂鬱そうでやる気がなさそうだ。会議場のざわついた気配を見ていると、マチルダのほうが緊張してしまう。

「ビクター様、お勤め頑張ってらしてくださいませ。くれぐれも途中で抜け出したりなさってはいけませんよ？」

資料を持ってついてきた部下の人にも、くれぐれもよろしく願いしますと声をかける。

「え、でもマチルダは？」

「わたしは会議には出られませんから、貴族院に寄って先に帰っていますね。ほら、ビクター様……お仕事お仕事」

段々と慣れてきて、ビクターに言うことを聞かせるのが楽しくなってきた。

彼の言葉をすべて真に受けてはダメなのだ。こちらの意思をきちんと示せば、ビクターは案外、尊重してくれる。

（ビクター様は、わたしの言うことを蔑《ないがし》ろにしたりなさらないもの……）

まだ一緒にいる時間は短いけれど、マチルダの言葉を最大限、聞いてくれようとする姿勢はじわじわと感じていた。

ビクターがマチルダの意見を聞いてくれなかったのは、実は昨日の昼だけだ。

（近すぎるから離れてほしいとお願いしたときと、昼間からあんなことをしてはいけないと訴えたときだけ……）

思い出すといまでも顔が熱くなるし、抱かれたせいでいまも体の芯が痛い。

（でも、ビクター様の我が儘を聞くのは……そんなに嫌じゃないかもしれない……）

思い出し笑いで相好を崩しつつも、不満そうなビクターの背を押して、会議場へと向かわせようとしたときだ。

「……マチルダ嬢？」

ありえないものを見るような驚いた様子でマチルダを見ている青年がいた。

「メルベリー子爵……」

正直に言えば、マチルダのほうこそ彼がいることに驚いていた。

（そういえば王太子殿下が『その女もしかして少し前の婚活パーティでうちの部下と踊っていた娘じゃないか？』なんて言ってらしたような……）

脳裡《のうり》に、そのときのことがぱっとよみがえった。

――『やはり一流の調香師の香水をつけているのが一流の令嬢だろう。ハーブくさい女は田舎くさいぞ』

マチルダのなかで拒絶反応を起こした言葉が、いまも耳にこびりついている。

公爵家には、それこそ一流の調香師が手がけた香水がたくさんあり、仕上げにマチルダも一吹き振りかけられていた。だから、今日のマチルダは一流の令嬢と言えるだろう。

しかし、一度芽生えた苦手意識は、そんなささやかな武装では盾にならないようだ。マチルダは自分の顔が引き攣るのがわかった。

(まさかあのメルベリー子爵とこんなところで会うなんて)

マチルダは儀礼的な挨拶としてスカートを両手で抓み、足を交差して体を屈める。

彼とはほんのわずかしか話をしていなかったにもかかわらず、誘いを断ったせいか、どことなく気まずい。

空気が重いと思ったのはマチルダの気のせいじゃなかった。ビクターはマチルダが誰に挨拶したか気づくと、またあからさまに不機嫌な顔になった。

どうやらあのときのことを覚えていて、メルベリー子爵を牽制《けんせい》しているらしい。

(ビクター様のこういうところ、かわいい……)

自分に対してはいつも微笑んでくれている印象が強いが、王太子殿下とのやりとりを見ていると、ビクターは意外と表情豊かだ。

(こう言っては失礼かもしれないけど、わたしを守ってくれる番犬みたい)

耳としっぽを立てて相手を威嚇しているところを想像してしまい、思わずくすりと笑いが零れた。すると、なにを思ったのだろう。

「じゃあ、マチルダ。会議に出てくるから家でいい子で待っておいで」

ビクターはわざとらしい甘い声で囁くと、マチルダの顎に指をかけて、ちゅっ、と啄むように唇に触れた。

どこで誰が見ていたのだろう。会議がはじまる前の堅苦しい場所だというのに、ひゅーう、と冷やかしの口笛が響く。

「……っ……ビクター様⁉」

こんな人前でなにをと苦情を言おうとしたが、人差し指を唇に押し当てられ、「しぃっ」とばかりに封じられる。

（やっぱりビクター様は犬じゃない！　狼だわ‼）

「唇だけじゃ足りないかな？」

悪戯めかした表情を見せたビクターは、マチルダの手をとって手の甲に、手のひらへとキスをする。

手の甲のキスは挨拶でもするはずなのに、もったいつけたようにあちこちにするキスは、ずいぶんと甘ったるい。人前でしているのが恥ずかしくなるほどだ。

最後に未練がましく爪にキスをしたときは、もしやまた爪を舐められるのではと、ぎくりと身が強張《こわば》ってしまったけれど、マチルダのそんな心情は見透かされていた。

「僕のかわいい奥様から期待されてるようだから、この続きは屋敷に帰ってからのお楽しみとしようか」

「わ、わたしもう失礼します！」

甘い言葉を続けざまに囁かれたマチルダは、真っ赤になったまま、逃げ出すように会議場をあとにしたのだった。

† † †

車窓から貴族院が近づいてくるのが見えると、マチルダはほっと胸を撫でおろした。

議会棟から貴族院までは距離があるため、馬車で送ってもらったのだが、見慣れた区域に近づくにつれ、肩の力が抜けてくる。

「議会棟なんて行ったの初めてだったから、さすがにどっと疲れたわ……」

傍らの侍女・エリーに話しかけると、エリーはいつもの無表情のままうなずく。

「メルベリー子爵がいらっしゃったのにも驚きましたし……でも、旦那様の仕事場が見られてよかったですね」

そう。それはエリーの言うとおりなのだ。ちらりと自分の指を彩る爪紅に視線を落とすと、その綺麗な色に思わず口元がゆるんだ。

（怪しげな研究室だったけど、こんなに綺麗な爪紅も作っているのだもの。素敵な研究だわ）

ビクターの部下たちから言われた言葉は気になったものの、花の形が描かれた爪紅を見ていると、ついにこにことしてしまう。

『マチルダさん、正気ですか。部下の身で言うのもなんですが、長官は生粋の変人ですよ？』

『そうですよ。怪しい実験につきあわされたくなかったら、早く別れたほうがいいですよ？』

部下の人たちの必死な様子からは、彼らも普段、ビクターに振り回されていることがうかがえた。自分もビクターに振り回されているから、彼らの気持ちはつくづくとよくわかる。

（でも……部下の皆様に慕われているのですね、ビクター様は）

マチルダに苦言を呈するわりに、研究所の雰囲気は和やかだった。その事実を思い出すと胸がほっこりとあたたかくなる。

馬車が車寄せで止まると、マチルダは御者に「待っていて」と伝え、建物の入口に向かう。

公爵家の馬車で来たせいだろう。貴族院の職員が慌てて飛んできた。その事実に少なからず驚いたマチルダだが、エリーからマチルダの身分を告げられた職員もまた驚いている。

「え？　ビクター伯爵の……奥様でいらっしゃいますか？」

「そ、そうです。先日、こちらのお見合いで結婚が決まったのでご報告に参りました」

てっきり破談になったと思っていたからそのままにしていたが、貴族院が仲介してのお見合いは、成約したときには報告する決まりがある。

王宮に来たついでに報告しようと思い、足を運んだのだった。

「そうでしたか、では担当の職員のところまでご案内いたします」

いままでこんな丁寧な扱いを受けたことがないから、思わずエリーとふたりで目線を合わせた。

貴族院の一角に設けられた見合い斡旋所――そのまた一角に、爵位が高い人がひっそりと訪れたときのための応接間があったらしい。男爵令嬢のままだったら、一生知ることはなかっただろう。その部屋に通されてしばらくすると、お見合いのときに部屋まで案内してくれた、いつかの職員がやってきた。

「マチルダ・ローウェル嬢……いえ、もう伯爵夫人と呼ぶべきですね。ご成約おめでとうございます！　いやぁ、私もあなたなら、と思ってましたよ」

彼はうれしそうに書類をローテーブルに並べながら、マチルダに署名を求める。

職員の言葉はお世辞だろうとは思ったが、それにしては屈託がない。

「そ、そうですか……正直、わたしには、なにがビクター伯爵のお眼鏡に適ったのかわからないのですけど……」

とまどいながらも、マチルダは手に身につけていた手袋を外し、ペンをとった。インク壜にペン先をつけて署名をすませる。

苦笑いするマチルダに、職員はさらりと言う。

「その爪ですよ、つ・め！ 綺麗な桜色！ ほどよい四角さと丸さ！ あなたの爪を見たときに、これはいけるのではないかと思いました。ビクター伯爵から事前に見せられていた爪の細密画にそっくりだったので、これは間違いないと」

まるでビクターのように滔々と、しかし熱く語る職員に、少しばかりマチルダは圧倒される。

（爪の細密画って……もしかして、応接間に飾ってあったあれかしら……）

なるべく見ないようにしていた現実を思い出して、口元がわずかに引き攣る。

「つ、爪……ですか。でもわたしの身分は男爵令嬢ですし、ビクター様のお相手にはふさわしくないとも思うのですけど……」

ここでもまた爪か、とマチルダはひっそりと思った。

まさかこんなところにもビクターの同好の士がいるとは思わなかった。心のなかでだけ、げんなりして、懸命にも口には出さなかったけれども。

繰り返すが、王族・侯爵・公爵の結婚相手の身分は、貴族院が厳選している。それこそ、尊い血筋を守るために。

マチルダでもよく知っている事実だ。

レッケンベルグ公爵夫妻が、貴族院に強くお願いをしたと言っても、そもそもなんでそんな無理を通すほど、よりにもよって自分が選ばれたのだろうという疑問に立ち返るだけだ。

「まぁ、そこはビクター伯爵のご趣味ですから、当方としましてはなんとも……ですが、マチルダ嬢をお相手に選ばれたビクター伯爵のご趣味は個人的には悪くないと思ってますよ？」

事務的な態度でありながら、にこにこと笑顔を浮かべたまま言われて、マチルダはどう返事をしたらいいかわからなかった。

自分ではよくわからないのに、どうも褒められたらしいと察して、顔が真っ赤になる。

「マチルダ様、ここはお礼を言うところですよ」

背後に立つエリーから、ひそっと耳打ちされて、マチルダは我に返った。

そうだ。褒められたときには、まずお礼を言うのが淑女のマナーだ。

「あ、ありがとうございます……ビクター伯爵にふさわしい妻になれるように努力いたしますわ」

耳打ちしてくれたエリーに感謝しながら、どうにか笑顔で言ってのけた。

「いやぁ、ビクター伯爵にふさわしい人というのは人間としてどうかと思うので、いまのままでいいと思いますけど……そういえば、今度の王太子殿下の舞踏会には、夫婦揃ってご出席されるのですか？」

ふと思い出したと言わんばかりに問われて、メルベリー子爵に迫られて困っていたときに、ビクターが申し出てくれた瞬間のことが目蓋の裏によみがえる。

――『すまないが、王太子殿下の舞踏会でのパートナーなら僕が先約だ。マチルダ・ローウェル男爵令嬢、そうだろう？』

ビクターはそう言って、そのすぐあとにマチルダにプロポーズしてくれたのだ。

（あのときのビクター様……すっっっごい……素敵だった……）

助けてくれたからというのはもちろん、ある。心が揺さぶられているときに、救いの手を差し出してくれたのだから、三割増しで美化してしまったとしても無理はないだろう。

でもなにより素敵だったのは、マチルダが考えている間、跪いたビクターが待っていてくれたことだった。しかも、嫌な顔ひとつ見せずに。

（だから、わたしはビクター様と……王太子殿下の舞踏会に行く……）

ぎゅっと胸の前で手袋を抱えながら両手を握りしめる。

「は、はい……多分、そうなると思います」

自分で言うのは勇気がいったが、既婚者の場合、舞踏会というのは夫婦で出席するものだ。

ビクターと結婚したという事実を、ここでもまざまざと突きつけられる。誰かと話すたびに、マチルダはビクターの妻なのだと自覚をうながされているようでもあった。

（面映ゆい……でも、事実なのだし……これはもう頑張って慣れるしかないのだわ。頑張らなくては）

自分はビクターの妻。変人の妻なのだ。

（まぁビクター様がどんなに変人でも構わないのですけども、わたしは）

確かにビクターは変わっているのだが、マチルダには害がない変人さだ。もちろん、困ってしまうことはあるのだが、それでも、そんな変わったところも含めて、ビクターは魅力的だとマチルダは思っていた。

（確かに、ビクター様はちょっと風変わりなところがおありですが……）

それはマチルダも否定できない。ビクターの風変わりなところに合わせてしまったら、マチルダも変人というレッテルを貼られてしまうのだろうということも。

（でも……）

さわやかな風のような、高貴な薔薇のような、耳を垂れた忠犬のような——それでいて、突然自分を襲ってくる狼のようなビクター。

そのどれもが見ていて飽きない。

問題はどちらかというと、その高貴な薔薇に自分が見合うのかということで。

――『俺は認めないからな、そんな女との結婚は！』

王太子殿下・サウラスから言われた言葉を思い出すと、胸に一抹の不安が過ぎる。

どんなに公爵夫妻が貴族院を説得していたとしても、王太子殿下の言葉には、その決定をひっくり返すだけの権力があるのではないだろうか。

そんなことを考えてしまったのがよくなかったのだろうか。マチルダは、自分で自分の元に不幸を引き寄せてしまったのかもしれない。

「それでは今日はご報告どうもありがとうございました。お気をつけてお帰りください」

職員の別れの挨拶に軽くお辞儀をして、部屋を出たマチルダは、お見合い斡旋所の前を通り抜けるところで声をかけられた。

婚活仲間のベアトリクスだった。

「マチルダ？　お見合いの掲示を見に来たの？　あなたも頑張ってるわねぇ……それに」

いつ見ても美しい彼女は、マチルダの爪先から頭の天辺《てっぺん》までをじろじろと見たあげく言う。

「今日はやけに気合いの入った格好をしているじゃない。上物の見合いでも決まったの？　爪紅までしちゃって……それ、変わった色ね」

鋭い指摘を受けて、思わず言葉に詰まった。

婚活パーティでビクターからプロポーズはされたものの、最後の最後で貴族院の横槍《よこやり》が入り、縁談が台なしになる可能性も高いと思っていた。だから、念には念を入れて、ベアトリクスには報告していなかったのだ。

小市民的なマチルダの、石橋を叩いて渡る性格のせいだ。

でも、服装からもこれまでのマチルダとは違うと見抜かれている。いずれにしても、次の舞踏会のときに知られるのだから、ベアトリクスには、ここで話しておいたほうがいい。

「マチルダ様……私がご説明をいたしましょうか」

エリーが背後から前へ出ようとするのを、マチルダは首を振って止めた。

「いいのよ、わたしが話すわ……あの、ベアトリクス。わたし、実はもう結婚が決まったの。ここのお見合いで成約したら報告する決まりになっているでしょう？　今日はその報告に貴族院に来たの」

正直に言えば、マチルダはこの話をどんな顔をして告げたらいいか、わからなかった。

ベアトリクスは少し離れた親戚で、幼いころからよく顔を合わせている。でも、美人で才気溢れるベアトリクスと比べると、マチルダは平凡な顔立ちで、慎重な性格と言えば聞こえがいいが、なにをするにも手が遅かった。

だから、親戚の子どもたちのなかでは、ベアトリクスはリーダー格で、マチルダはいつも彼女に逆らえなかったのだ。

「…………へぇぇ、マチルダが結婚。この間、私が紹介してあげたメルベリー子爵じゃないのよね？」

声音が一段と冷ややかになった気がして、ぎくりと身が強張る。

（でも、わたしはもう……結婚したのだもの。ビクター様にふさわしい妻になるって決めたばかりじゃない）

自分で自分を鼓舞して、怯みそうになる心をどうにか奮い立たせる。

「ビクター伯爵と……ビクター・レッケンベルグ様と、結婚したの」

あえて、レッケンベルグの名前を出した。

マチルダもそうだったが、貴族であれば、面識はなくても公爵家の名前くらいは聞き覚えがあるものだからだ。

「レッケンベルグ？　まさか……レッケンベルグ公爵の御曹司の、ビクター伯爵？」

どうやら名前は聞きおよんでいたらしい。ベアトリクスはマチルダよりも顔が広く、高位の貴族に精通している。

マチルダの結婚相手の名前を聞いて、あからさまに顔色を変えた。

「……レッケンベルグ公爵家の若奥様……ってマチルダが？」

驚きとありえないものを見るような恐怖の色が、ベアトリクスの面に滲む。

「貴族院に報告に来たっていうことは、掲示板に貼られていた張り紙だったのでしょう？　ビクター伯爵のお見合い募集なんてなかったわよ!?」

ものすごい剣幕《けんまく》で捲《まく》したてられて、マチルダは一歩後ずさる。

そのとおりだ。『王立軍研究所長官。レッケンベルグ公爵家跡取り。伯爵位あり』などというお見合い募集なんてなかった。

あったのは身分不問、相手の身分も不明の募集だけ。

「…………ただし、爪の綺麗な娘にかぎる」

ぼそりと独り言を呟いたマチルダは、まだ手袋を握りしめたままだった自分の手に視線を落とした。そこにはまだ、ビクターが先ほど塗ってくれた爪紅が鮮やかな色を見せていて、ささやかな勇気をくれる。

ベアトリクスの爪が綺麗かどうか、マチルダは知らない。でもいま、ビクターの妻は自分なのだ。それは誰にも譲れない事実だ。

「ともかく、そういうわけなの。次の王太子殿下の舞踏会には、ビクター伯爵と一緒に出ることになると思うわ」

一切の説明を省いて、結論だけを告げた。

どちらにしても、ベアトリクスの性格を考えたら、本当のことを話しても絶対に納得しないだろう。これで話は終わりだとばかりに、その場を立ち去ろうとするマチルダに、ベアトリクスはなおも食い下がった。

「待ちなさい、マチルダ。ビクター伯爵との結婚だなんて……あなたわかってるの？ 彼は軍の変人として有名じゃない。あなたが望んでいた平凡な結婚は望めないわよ。それに、もしものときには、絶対に離婚されるわよ？」

ビクターが変人だと言うことは自分でももうわかっている。爪に執着して舐めるところなんかは変態も入り混じっている変人だ。だから、ベアトリクスの話を無視して立ち去ろうと思ったのに、最後の一言だけは聞き捨てならなかった。

「もしものときには離婚されるって……どういうこと？」

振り向かないまま、マチルダはベアトリクスに訊ねる。

心のなかでは、彼女とこれ以上話をしないほうがいいと思っていたのに、離婚という不穏な言葉に引き止められてしまった。ベアトリクスのことだ。こういう物言いをしているときは、絶対にマチルダにとって、よくない話をするに決まっている。

「あら、その様子だと、もしかして知らないのかしら？ ビクター伯爵はレッケンベルグ公爵家の跡取り――つまり、現在、王位継承権第四位、高位の王位継承権持ちなのよ」

『王位継承権』という切り札のような一言に、マチルダはとうとう振り向いてしまった。

流し目をするときのベアトリクスは最高に意地悪で、最高に美人だ。

マチルダは彼女自身にも圧倒されながら、聞かされた言葉を反芻《はんすう》する。

「王位継承権第四位⁉」

あまりの衝撃に、その重みがよく理解できない。

(王位継承権第四位ということは……待って。王位継承権第一位はもちろんサウラス王太子殿下だけど……)

半ばパニックになりながら、頭のなかで王家の家系図を思い浮かべる。

イルミントン王国では王位継承権は男子が優先だ。

サウラスには男の兄弟がいない。だから、王位継承権第二位は現在の国王の弟になる。

「そうよ……第一位はもちろんサウラス王太子殿下。次が王弟・オースティン殿下、その次がレッケンベルグ公爵。王弟殿下には男のお子様がいらっしゃらないから、ビクター伯爵は王位継承権第四位なの。もちろん、妻ならご存じだと思うけど」

半分以上、ただの嫌みだとわかっていたが、悔しがってあげる余裕もなかった。

王位継承権第三位くらいまでは漠然とマチルダも理解していた。でも、四位や五位となると、ぱっと名前と顔を一致させることが難しい。

それもそのはずだ。ビクターから『ビクター伯爵』と呼んでくれと言われたから、なんの疑問も持たずにそう呼んでいたが、普通は爵位というのは領地の名前で呼ぶのだ。

「王位継承権第四位はギディングストン＝レイ伯爵……」

「そう。レッケンベルグ公子・ギディングストン＝レイ伯爵……通称、ビクター伯爵。王太子殿下と同じご年齢で、信頼も篤《あつ》い」

「信頼も……篤い？」

王太子殿下と会った瞬間、すん、と表情をなくしたビクターのことを思い出して、こんなときなのに思わず突っこんでしまった。

しかし、さいわいなことに、ベアトリクスの耳には届かなかったようだ。エリーはなにか言いたそうな気配を漂わせていたが、懸命にも表情に出さず、なにも言わなかった。

「王太子殿下の従兄弟に当たるビクター伯爵は変人と言われているけど、その天才振りでも知られているの。王太子殿下が先の戦争で危機に陥ったときには、ビクター伯爵の機略で助かったそうよ」

「なるほど」

（ビクター様のことだから、きっと普通ではやりそうにない、とんでもない極悪な手を使ったのでしょうか……)

爪紅が衣服につくから近づかないでほしいと言えば、手を拘束してしまうようなビクターだ。どれだけ味方を振り回したかは、研究所の部下たちの言動からも想像に難くない。

ビクターの行動を思い出して、一瞬、遠い目になっていたマチルダは、ベアトリクスの次の言葉を聞いて、はっと現実に返った。

「王太子殿下はまだ独身でいらっしゃるでしょう？　それに王弟殿下とレッケンベルグ公爵は、若い人に継承権を譲ったほうがいいとお考えなんですって。もしビクター伯爵が王位継承権第一位になんてなったら、その妻は王太子妃殿下と言うことになる。男爵令嬢では身分が違いすぎるもの……絶対に離婚させられるわ。子どもが生まれてからだと面倒なことになるから、離婚するなら早いほうがいいわよ？」

その鋭い棘だらけの言葉を、マチルダは否定できなかった。

第六章　変人伯爵は妻をかわいがるのに忙しい

――マチルダの様子がおかしい。

ビクターは真剣にその理由を検討していた。

新婚に浮かれていたビクターだが、興味がある対象に関しての洞察は鋭い。

大好きなマチルダがこのところときおり、深いため息を吐いていることに気づいていたし、もし困ったことがあるのなら、その障害を取り除いてあげたいと思っていた。

(マチルダに言われたから、真面目に会議にも参加したし、ほかになにかあるのかな……)

傍から見れば、ビクターの悩みは突っこみどころが満載なのだが、本人は真剣である。

今日もビクターはまた小さな会議に出席して、公爵家に急ぎ帰宅する途中だった。

サウラスに休暇届を突きつけて、今度こそ夫婦水入らずで新婚生活を満喫するために万全の準備をすませての帰宅だ。

そのしあわせな新婚生活のための障害はどんなことでも取り除きたいと思って当然だった。

マチルダに言われてしぶしぶ参加した会議からはすでに一週間が経っていた。

――『ビクター様、お勤め頑張ってらしてくださいませ。くれぐれも途中で抜け出したりなさってはいけませんよ？』

などとマチルダに釘を刺されていたから、不承不承ながらも最後まで残っていたせいで、あの日は帰宅が遅くなってしまった。

だから、日をあらためて新婚を満喫しようと固く心に決めていたビクターだ。

（ふたりでランチの入ったバスケットを持ってピクニックに行き、食べさせ合いっこをするのもいいし、一日中マチルダの爪に爪紅を塗るのもいい。寝室にずっと籠もるのももちろんいいし、以前に約束してそのままだった屋敷の案内をしてもいいな……趣向を変えて、ふたりで新婚旅行というのも楽しそうだ）

そんなふうに、うきうきと計画を練っているうちに、馬車は車寄せに止まり、ビクターは弾んだ足取りで軍服のマントを翻し、屋敷の奥へと向かった。

妻に一刻も早く会いたかったからだ。

（マチルダが元気になっているといいなぁ……）

ビクターは離れに向かう回廊を歩きながら、白い手袋をした手を顎に当てた。

呼べば返事をしてくれるし、キスをすればあいかわらず真っ赤になる。抱きたいと言えば、困った顔をしながら応えてはくれる。

でも、なにかがおかしい。

単に、ビクターが妻にもっと構ってほしいと言う理由だけじゃない。

どうもこのところ、快活なマチルダらしくなく、塞ぎがちでいた。

（この前、王宮の研究所を案内したときまでは、あんなに楽しそうにしていたのに……）

その夜おかしいと思ったときは、マチルダは嫁いできたばかりなのだし疲れているのだろうと考えた。

翌朝は普通に見えたけれど、ふと目を離すとため息を吐いていて、妙だなと思ったのだ。憂鬱そうなため息を吐くマチルダは、彼女らしくなかったから。

（あえて、原因があるとしたら、爪紅をとろうとしたとき……かなぁ）

数日前のことを思い出そうとして、ビクターは整った眉間に皺を寄せる。

ビクターがマチルダの指をとり、塗料をやわらかくする液を塗ろうとしたときのことだ。

「とっちゃうんですか⁉　こんなに綺麗にしていただいたのに……」

衝撃を受けたらしいマチルダは、ビクターが塗った花柄の爪紅をとられまいとするように、もう片方の手で握りしめていた。

「ずっと爪紅をしたままだと爪に悪いから仕方ないよ。また研究所に来れば塗ってあげるからね」

ビクターが何気なく言うと、マチルダはいつものように困った顔になり、

「……機密扱いなのでしょう？　ダメですよ。ビクター様」

そう言ってビクターを窘《たしな》めてくれたのだ。

(困ったというか……あれは……そう。どこか、いまにも泣きそうな顔だったかもしれない)

真剣に思い出してみると、やはりなにか違和感がある気がして、ビクターはますます眉間に深い皺を寄せた。

機密扱いと言っても、製造方法はビクターの頭のなかだ。本当に王宮の外に出したくないなら、ビクターを閉じこめるしかない。

「それに、マチルダは僕の妻なんだから、仕方ないよね」

そもそも、ビクターが機密扱いの塗料を開発したのは、マチルダの爪に塗りたかったからなのだ。やっと見つけた理想の爪に塗らないという選択肢はない。

それがビクター・レッケンベルグの思考だ。

「そうだ。試作品が離れにまだ残っていたはず……あれならマチルダもダメとは言わないだろ

う」

いい考えを思いついて、少しだけ足取りが軽くなる。

庭の離れは、公爵家のなかのビクターの研究室のようになっており、一時期のビクターはずっとそこに引きこもっていたのだ。

きぃー……という軋んだ音を立てて扉を開くと、ハウゼンが風通しをしておいてくれたのだろう。久しぶりに入ったにしては、ほこりくさい匂いがしない。

奥の部屋に入ると、大きな壁には一枚の肖像画と無数の細密画が所狭しと飾られていた。

時間が止まった場所だ。

最後に見たときとなにも変わりない。心まで凍りついてしまうかのように。

壁にかけられた肖像画を見上げたビクターは、こみあげる苦い感情にわずかに顔を歪めた。

傍から見ればそれは、子どもが泣く寸前の表情にも見えたかもしれない。

しかし、自分の机の上に置いてあった一枚の細密画に気づいて、自分の感情が一変するのがわかった。

「マチルダの爪の絵だ」

楕円形《だえんけい》の額縁に入った細密画は手のひらに載るくらい小さい。でも綺麗な桜色の爪の絵だ。手にして眺めていると、胸があたたかくなる。

その爪の絵は、マチルダのものだと知らないまま、ずっとビクターのお気に入りだった。

「ずっとずっと……僕はこの綺麗な爪に会いたかったんだよ……マチルダ」

埃《ほこり》を払って、その絵に軽く口付けを落とす。

本物の爪と見紛《みまが》うような写実的な絵だ。

実はビクターは、数年前から、細密画のうまい画家を雇い、爪の絵を描かせていた。

いまにも動きそうなほど活《い》き活《い》きとした爪の絵を集めては、自分の理想の爪に会いたいと思っていたのだ。そこで一計を案じる。

イルミントン王国で数多《あまた》、開催されている婚活パーティには、国中の若い娘が集まる。

昼間に開くガーデンパーティは、正式な舞踏会と違って、気軽な雰囲気の会が多い。

画家を紛れこませて絵を描かせるのにうってつけだった。

その甲斐《かい》あって、ビクターが気に入る爪の絵が手に入ったのだ。何枚も描かせたうち、一番気に入った爪の絵をさらにたくさん描かせ、応接間に飾ったほどだ。

その画家にはたくさん報酬を与えたが、ひとつだけ問題があった。描かせていたその絵には、令嬢の名前がなかったのだ。

（大半の絵には名前が入っているのに、よりにもよって肝心の綺麗な爪の絵に名前がなかったんだからな……）

その爪の持ち主に恋をしたせいで画家がわざと名前を書かなかったと思い、さんざん調べさせたが、結果は白。単に本当に忘れただけらしく、画家が目的の令嬢と会う気配はなくて、ビクターが彼女を捜索する手がかりも跡絶《とだ》えた。

そこで思いついたのが、見合い斡旋所の掲示板だ。

（そう……婚活パーティに参加していた令嬢なのだから、見合い斡旋所にも来ているかもしれないと思ったが、本当にそのとおりだった！）

職員に細密画を渡し、そこに描かれた爪とよく似た爪の持ち主が来たら、連絡するように手配したのだ。

（お見合いのときに見たマチルダの爪は、絵で見るよりずっとずっとよかった……）

みずみずしくて、なのに本当の桜貝のように、どこか儚げで。

実物は想像より綺麗だったからつい、欲望を抑えきれずに舐めてしまったけれど、凸凹もなく、縦筋もない綺麗な爪だった。思いだすだけで、初めての邂逅に胸が熱くなる。

さらに言うなら、ビクターが爪に触れたときのマチルダの反応が実によかった。

（指先を動かすたびにびくびくして、真っ赤な顔をしていたマチルダ……すごいかわいかったなぁ……）

あのとき、ビクターは思ったのだ。

──この娘と絶対に結婚したい……！

それは直感だった。ようするに一目惚れだった。

ずっと爪に恋をしていたけれど、実物のマチルダもその爪から想像したとおりの、初々しくてみずみずしくて、まるでビクターの初恋そのもののような令嬢だったのだ。

なのに、ビクターが舐めたことに驚いた彼女は、ビクターの頬を叩いて応接間を出ていってしまった。

振られたのだ。いきなり爪を舐めてしまったから。

「ビクター様、いまのはさすがに……初めて会ったばかりの淑女にする行為ではなかったかと思います」

ハウゼンからも重々しく怒られてしまった。

（僕に爪を触れられるまで、あの爪には誰にも触れさせたことがないようだった……まるで処女雪のような爪に断りもなく舌を這わせて汚してしまったのだ……）

汚されてしまったマチルダの反応は当然だ。ビクターが圧倒的に悪かった。

正直に言えば、破談になったと思ったのはビクターのほうだったのだ。

自分がほんの少し我慢できずに欲望のままに行動してしまったがゆえに、ずっと恋していたマチルダ（の爪）に振られてしまったのだ。

そんな衝撃とともに帰宅し、しばらく落ちこんでいたが、ある日、貴族院から連絡があった。職員の曰く、

「マチルダ・ローウェル嬢の母親から、『見合いには満足しており、当家としては縁談を進めさせてほしい』という連絡が来ております。レッケンベルグ公爵家の返事はいかがでしょうか？」

という確認だった。

破談にならなかったと知ったビクターは狂喜乱舞したし、もちろん返事は『はい』だ。いますぐ見合いを成約させて、マチルダを迎えに行きたかった。

一方で、今度こそ失敗したくなかった。貴族院への返事とは別に、きちんと求婚する手順まで考えていたら、慎重になりすぎてしまった。

ローウェル男爵家に使いを出したところ、マチルダが婚活パーティに出かけたと言われて、慌てて出かけていったくらいだ。

「あのときは焦った……ものすごく焦った」

(僕のマチルダがどこかの馬の骨にさらわれなくてよかった……)

そのとき、ビクターはひとつの教訓を得た。

マチルダを驚かせてもいいから、頬を叩かれてもいいから、やはりほかの人より先んじなく

てはいけないという教訓を。

（そう……だからマチルダがなにか気にしているなら、早めに解決しよう……そのあとで、爪のお手入れを心ゆくまで楽しめばいい……）

そんな結論に至ったビクターは、当初からの目当てだった革張りの箱を手にすると、離れを出ていった。

どうしたらマチルダがいつもの笑顔を取り戻してくれるのだろうと、頭のなかはそれだけでいっぱいだった。

† † †

結局、ビクターが思いついた手段はありふれたものだった。

離れを出て、軍服姿のまま夫婦で暮らす部屋へと向かう。

（下手な考え、休むに似たり……まずはマチルダから話を聞きだしてみよう）

マイペースに生きて、マイペースに周囲を振り回し、基本的に自分の考えを曲げることが少ないビクターは、あまり他人との相互交流能力に長《た》けているとは言えない。

回りくどいことは苦手なのだ。

自分の部屋でもあるのだからとノックもせずに部屋に入ると、驚いた侍女が、慌ててビクターにお辞儀をした。

公爵家の侍女はビクターの傍若無人さに慣れているから、マチルダが連れていた侍女だろう。部屋を出ていくように手振りで示して、応接間から続き部屋へと足を踏み入れる。応接間にマチルダの姿がなかったからだ。

果たしてマチルダは、ビクターの書斎にいた。

ビクターが本棚から出したままの本を片付けながら、またしてもため息を吐いている。

「ねぇ、マチルダ」

背後から音も立てずに近寄ると、「きゃあっ」というかわいい悲鳴をあげられてしまった。振り向くマチルダの慌てた顔もかわいい。真っ赤になりたての姫林檎みたい。このまま食べてしまいたい。

「び、ビクター様⁉ もうお戻りだったんですか⁉」

「うん？ ああ、今日の会議は短く終わらせてもらった」

しれっと嘘を吐いた。会議は必要最低限のところだけ出席して、あとは抜け出してきたのだ。

（今日の会議は絶対に出ろと言われてなかったし、サウラスの顔は立ててやったんだし）

どちらかといえば、新しい休暇届をサウラスに叩きつけるために出かけていったというのが正しい。しかし、会議を抜け出してきたと正直に言えば、またマチルダに怒られそうなので、ひとまずもう終わったことにしておく。

夫婦間のわだかまりをなくすことだって（公爵家の跡取りとしての）大事な仕事なのだから！

「それに、サウラス主催の舞踏会にも出席するから、その打ち合わせもしたいし……マチルダのドレスを注文しなくてはいけないだろう？」

これは本当のことだし、公爵家としては今日の会議より重要だ。

当然の話を振ったつもりなのに、マチルダに驚かれてしまった。

「王太子殿下の舞踏会に出席するというのはわかりますけど、ドレスを新調するんですか!?」

「当然。僕とマチルダが夫婦だということをお披露目《ひろめ》する意味もあるからね。レッケンベルグ公爵家の威信に賭けて、先日のような態度はサウラスにとらせないよ。マチルダは僕の妻として出席するんだから、マチルダをよりかわいく見せてくれるドレスを誂えてもらわないと」

（そう。サウラスに見せつけてやらないと。マチルダと僕が仲睦《むつ》まじいところを！）

かわいいマチルダが着飾ったら、絶対にもっとかわいい。

ほかの人にマチルダの魅力を見せてやるのはもったいないが、理解されないのも腹に据えかねる。だからやはり、公爵家の総力を挙げてマチルダの舞踏会の支度をする必要があるのだ。

「急な話だったから、順番が前後してしまったけど、教会で式も挙げて公爵家としても結婚披露の舞踏会をする。そちらは準備に時間がかかるだろうから、ドレスはあとだ。でもウェディングドレスとガーデンパーティ用と舞踏会用と……いくついるかな？　ドレスを何着作るかは公爵夫人に相談したほうがいいな……」

考えることはたくさんあった。一ヶ月まるまる休暇をとってもいいくらいだ。

やることを口にしているうちに考えこんでしまったビクターは、手にしていた箱を手近な机に置いて、いまさらながら、マチルダが手にしているものに気づいた。

「マチルダは書斎の本棚になにか気になる本でもあったの？」

「……え、あ、あの……」

とまどうマチルダの手から本をとりあげたビクターは、本の表紙を確認する。

「貴族院法全集？　なんでまたこんな面白くもなさそうな本を……」

本の中身を知ったとたん、すん、とビクターの顔から表情が消えた。虚無だ。

貴族院法は子どものころから家庭教師に詰めこまれていたが、ビクターは大嫌いだった。タイトルを見ただけで投げ飛ばしたくなる衝動を必死に堪える。

「え？　えーっと……その、たとえば……この間、わたしがビクター様に嫁ぐに当たって貴族院に無理を押し通したという話をされてましたが……」

無理を押し通したなんて、控えめな表現だった。レッケンベルグ公爵が手を回したのだ。貴族院の職員たちは、全員なんらかの形でレッケンベルグ公爵家から恩を受けた者で固められていて、公爵家の意向に逆らえないのだ。

ビクターは父親のそういうやり口をよく理解していた。似た者親子なのだ。

「マチルダだって貴族の一員だろう？　それにマチルダの爪は美しい……それで十分だと思うな……」

ビクターはマチルダの手をとり、その甲に唇を押し当てる。

びくん、と真っ赤になったマチルダが言葉を失うのがわかった。

面白いことに、マチルダは手の甲や手のひらにキスをしたときのほうが、恥ずかしそうな反応をする。唇にキスしたときは、うっとりと陶酔しているのに、手のあちこちにキスをするときは、とまどった顔をするのだ。

（マチルダの恥じらう顔は、とてもとてもとてもかわいい）

胸がきゅんと切ない音を立てる。

ビクターがマチルダの手をとったまま、自分の妻に絶賛満足中だとは、さすがのマチルダも見通せなかっただろう。とまどいながらもマチルダは思いあまった様子で口を開いた。

「あ、あの……もし公爵家が無理を言えば、わたしごときの身分でもビクター様と結婚できるというなら……逆も可能なのでしょうか？」

「逆？」

「た、たとえば、もし離婚しようと思えば簡単にできるとか……」

離婚という一言を聞いて、ビクターは衝撃を受けた。

（もしかしてマチルダは僕と離婚したいから、貴族院法の本を読んでいたのか⁉）

楽しい新婚生活のことしか考えていなかったのに、言葉に言い表せないくらいのショックだ。

晴天のさわやかな日だというのに、一天にわかにかき曇り、雷が落ちたかと思うくらいだった。

大貴族のなかでは離婚は稀《まれ》な話だ。

嫁いできた妻は後継ぎさえ産めば、あとは浮気をしようが年下のツバメを囲おうがお構いなしという風潮があるからだ。よほど特殊な事情がないかぎり、離婚はせずに好き勝手に遊んで暮らすほうを選ぶ妻が多い。

「離婚だなんてなぜ？ マチルダ……マチルダは、サウラスの舞踏会で僕との結婚をお披露目されるのが嫌なのか？」

声音に詰《なじ》るような響きが混じったのは許してほしい。

だってまだ新婚生活がはじまって一週間だ。一週間で離婚を切り出されるとは思わなくて、楽しい休暇を過ごそうと思っていた期待の分だけ失望も激しかった。

「き、嫌いって……そんなわけありません！　ただ……ただ、離婚ができるのかどうかと訊ねただけで……ッ！」

そう言ってマチルダは俯《うつむ》いてしまった。

（なぜだろう。僕だって酷いことを言われていると思うのに……）

――マチルダが泣きそうな気配がする。

「……できるよ。できるかできないかで言ったら、できる。離婚なんて書類一枚のことだ。簡単じゃないか。でも、僕はマチルダと離婚するつもりはないよ。たとえ、マチルダが僕のことを好きじゃなくても、マチルダはもう僕の妻なんだから」

苛立ち混じりに告げたビクターは、本棚に囲いこむようにしてマチルダを追い詰める。腕のなかの彼女は小さく震えていた。でも構わない。楽しい休暇でなくても、妻を満喫するという選択肢しかビクターにはなかった。

物語やオペラで最近流行っているという『壁ドン』ならぬ本棚ドンの格好のまま、彼女の顎に手をかけて顔を上向かせて、唇を奪う。

「ん……ンぅ……っふ、ぁ……ぁあン……ッ」

唇を押しつけただけじゃ物足りずに、唇を開かせて口腔に舌を挿し入れた。

舌を動かすと、マチルダの舌が最初は逃げるようにびくんと動くのに、次第に動きが拙くなるのがいい。逃がさないとばかりに舌で舌を搦め捕ると、マチルダの体から力が抜けていた。

腰を抱き寄せて体を支えてやる。

マチルダを追い詰めた格好でキスをすると、自分の心がより嗜虐《しぎゃく》に傾くのがわかった。

「ねぇ、マチルダ。いまから足に爪紅を塗ってあげる」

ビクターはマチルダの体を抱きあげて、机の上に乗せた。

さっき離れからとってきた革張りの箱を開け、小壜《こびん》をいくつか机に並べる。

「え、いまからですか……な、なんででしょう？」

「なんでじゃないだろう？　この間、今度は足の爪に塗ろうねって話したじゃないか。はい、靴を脱いで……いい子だから」

あえてビクターはとびきり甘い声を出して言う。

やさしく微笑みかけると、マチルダが真っ赤になることに気づいていた。膝に顔を埋めそうになっているマチルダに自分の軍帽を被《かぶ》せる。動いているうちに落ちそうになっていて邪魔だったからだ。

「ビクター様の軍帽……ビクター様の匂いがします……」

そう言ってマチルダは両手で軍帽を押さえたまま、真っ赤な顔でくしゃりと笑う。

（死にそう……マチルダがかわいすぎてきゅん死する！）

「ビクター様？」

身を震わせて動きを止めたビクターの顔をのぞきこまれて、限界だった。衝動的に顔を寄せて、真っ赤に頬を染めたマチルダと唇を重ねる。

「ンンッ……んぅ……ふ、ぅ……ッ！」

苦しそうに零れる吐息が甘い。間近でその息遣いを全部聞いていたいくらいだ。零れ落ちたおくれ毛をいとおしそうに指ですくいあげて、真っ赤な耳にかける。

マチルダの潤んだ瞳がビクターの青灰色の瞳と視線が絡む。

その瞬間、仄かに甘い香りが鼻腔に広がった気がした。

（ああ、やっぱり……マチルダは僕のものだ……）

初めて会ったときに感じた、運命のような閃《ひらめ》きを思い出して、ビクターは軍帽を被ったままのマチルダを抱きしめた。

女性に頬を叩かれたのは初めてだったし、悲鳴をあげて去られたのも正直びっくりした。

（マチルダはいつも僕に新鮮な驚きをくれる）

スカートを捲りあげてガードルを外し、左脚を露わにする。マチルダの手に裾を握らせたまま、膝からふくらはぎへと自分の指先を、つーっと滑らせた。さらには足の先へ、桜貝のような爪へと伸ばす。

「今日は何色に塗ろうか？　この間の青緑もよかったけど、たまには趣向を変えて、黒なんてどうかな？」

ビクターは足を撫でながら、甲にちゅっとキスを落とした。唇が肌に触れたとたん、びくんとマチルダの足が跳ねるのが楽しい。趣味が悪いと言われようと、自分の行動に反応してくれるのが、うれしくてうれしくてたまらなかった。

「ひゃっ、く、黒、ですか？　どんなふうになるのか、想像がつかないのですが……」

爪の形をやすりで整えたあと、軽く香油を塗り、油を拭きとる。

下地を塗ってしばらくしたあとで目当ての小壜の爪紅をすぅっと塗ると、うっすらと色づいた肌に夜のような漆黒がよく映えた。

「黒地に白を散らして、金箔《きんぱく》を入れるのもいいね。黒地に赤い花を咲かせると、マチルダが好きなこの軍服とちょっとしたお揃いみたいじゃないか？」

鼻歌を歌いながら、刷毛とピンセットを器用に動かすビクターは、思い描いたとおりに爪を塗っていく。

片方の足が終わると、もう一方の靴下も脱がせて、似たような模様を爪に描いた。

「こんなに凝った爪紅は……また乾くのに時間がかかるかもしれませんね……」

感嘆なのか、とまどいなのか。判別しがたいため息を吐いて、マチルダが呟いた。

「そうだね……先にドレスを脱がせたほうがよかったかな？　ねぇ……マチルダ？」

体を伸ばしてマチルダの耳元に近づき、意識して低い声で囁く。スカートの奥に手を入れて、バッスルを形作るクリノリンの留め紐を解いた。ごとり、と思っていたより大きな音を立てて、床に落ちる。

「スカートは上から脱いでしまおうか。ほら、マチルダ万歳をして？」

後ろのリボンを解いて、ペチコートごとスカートを捲りあげる。マチルダは恥じらう素振りを見せたわりにはビクターの言うことに従ってくれる。意外なほど簡単にドレスを脱がせることに成功した。

「ビクター様……そんな格好いい軍服姿で指示を出すなんてずるいです……」

コルセットはまだ身につけていたものの、下はガードルと短い下着を身につけているだけの姿だ。

身悶えするように体をくねらせて睨まれたけれど、むしろ目の毒だ。情欲を掻きたてられただけだった。

「格好いい？　もしかしてマチルダは僕の軍服姿が好きなの？」

邪魔なマントをわずらわしそうに手の後ろに回し、自分の軍服を、両手を広げて確認する。

正装だから、役職に準じた場に出るときにはいつも同じ格好だ。

ビクターとしては見慣れすぎている。

この格好が他人からどう見られるのかを気にしたことは、ついぞなかった。

（そういえば、宮殿で軍装のサウラスと一緒にいるとき、やたらと令嬢が騒いでいたな……）

そのときは、サウラスが王太子だから騒がれていると思っていた。いまさらながら、あれはもしかして身分だけでなく軍服姿も関係があったのかと思い直した。

ビクターが妙な部分に反応し、思考を巡らせているとは夢にも思っていないのだろう。マチルダは、真っ赤な顔でビクターをちらちらと見ている。

「う……ビクター様の軍服姿が格好いいなんて〜〜そ、そんなことは……ありますけど！　格好いいので、もっと見たいですけど！」

とまどっているのかと思えば、語尾に向かうにつれて開き直ったように断言されてしまった。

（そうか……マチルダは僕のこの格好が好きなのか）

「じゃあ、マチルダが好きな軍服の上で好きなだけ喘がせてあげる……おいで」

ビクターはマチルダの脇の下に手を入れると、まるで軽いものを持ちあげるように抱きあげ、そのままソファの上に移動する。

マチルダは一瞬びくんと震えていたけれど、真っ赤な顔でされるがままになっていた。

（こういうときの恥じらいと困惑の入り混じったマチルダの顔がいい……とてもとても好きだ。

食べてしまいたい……）

　自分の太腿に跨《また》がらせるようにしてマチルダを乗せると、飾り帯を床に落とし、下衣の前を寛げる。

「じゃあまず、マチルダの下着をとってしまおうか」

　ビクターはにっこりと笑って腰に残っているガードルの留め金に手を伸ばす。

「僕と離婚したいなんて考えるマチルダには、たっぷりとお仕置きしなくちゃね」

「え、だからわたし、離婚したいなんて一言も言ってませんよ!?」

　マチルダが慌てて否定したところでもう遅い。

　挑戦的な口調で告げたビクターは、自分の手に身につけていた手袋を歯で噛んで脱ぎ、嗜虐的な笑みを浮かべながら床に落としたのだった。

†　†　†

「んっ……ちょっとそのまま動かれると……あぁっ……ッ！」

　マチルダはビクターの膝の上で貫かれたまま、甲高い嬌声を零した。

　向かい合った姿勢で抱かれているから、身を捩ったところで彼の視線から逃れられない。

コルセットが中途半端にお腹に残っているだけで、下肢にはなにも身につけていない格好だ。恥ずかしさといたたまれなさで、さっきから羞恥心の針は振り切れっぱなしだ。

うすうす気づいてはいたが、ビクターは自分がやりたいと思ったことに関しては、とんでもなくやる気を発揮するらしい。女性の複雑なドレスの仕組みをすでに理解しているようで、自分の服を脱ぎ着するよりも器用にマチルダのドレスを脱がせていた。脱がせることに関しては、侍女のエリーよりうまいかもしれないほどだ。

帰宅したばかりのビクターに、マチルダは襲われている。

半裸状態のマチルダに対して、ビクターは出かけたときの軍服姿のままだ。

肩にかかっていた裏地が赤いマントこそ床に落としていたものの、上着は前を中途半端にはだけた状態だ。ちらちらと鎖骨が見えているのが妙に色っぽい。目のやり場に困る。

おかげでどきどきさせられているのが、凛々しい軍服姿のせいなのか体を貫かれているせいなのか、よくわからなかった。

(ビクター様ってば……なんでそんなにぞくぞくするような色気があるのでしょうか。意味がわからない……それに、お仕置きってなに？)

帰宅してノックもなく部屋にいたのはびっくりしたが、ビクターは上機嫌のようだった。

どうやらビクターは機嫌よくなにかを考えているときは早口になるらしい。舞踏会や結婚式の話をしていたときは、早口で弾むような声音になっていたからだ。天才肌らしい彼の癖に気づいて、うれしくなったマチルダは必死でビクターの言葉を記憶しようとしていた。

ところが、そのあとから雲行きが怪しくなったのだ。手にしていた本について聞かれたから質問しただけなのに、突然、ビクターは不機嫌になった。

——『た、たとえば、もし離婚しようと思えば簡単にできるとか……』

マチルダとしては真剣に聞いたのだ。

(だってもし、ビクター様の王位継承権がこれ以上高くなるようならわたしは……)

公爵家の御曹司とだって不釣り合いな結婚だとわかっている。それがもっと高い身分になってしまったら、マチルダからビクターはとりあげられてしまう。

(いまだって雲の上の人なのに、王太子にでもなったらどうしよう)

いまさらどんな顔をして男爵家に戻ったらいいかわからないが、ほかに行くところはない。でもなにより、マチルダはビクターと一緒にいたかった。

(平凡で穏やかな新婚生活とは言えないかもしれないけど……わたしはビクター様のことが好き……おそばにいたい)

だから、マチルダとしては嘘でもいいから「法的には離婚できない」と言ってほしかった。

ビクターが、じゃない。王太子殿下やほかの貴族がマチルダとビクターを別れさせようとしたときに、できない理由があってほしかったのだ。

「んっ、待って……胸が軍服に擦れると……ンぁあ……ッ！」

ビクターの太腿の上に座らされているから、動かれるとマチルダにはどうすることもできない。ゆっくりと腰を持ちあげて肉槍を引き抜かれたあとで、角度を変えて奥を抉られると、びくんと大きく体が跳ねる。感じさせられてしまう。

コルセットからはみ出した双丘がビクターの目の前で揺れて、抱きかかえられた瞬間に、彼の軍服に擦れるのさえ、マチルダの意志で逆らうことはできなかった。

少し体が離れれば、ビクターの手で乳房の形が変わるほど荒々しく掴まれ揉みしだかれる。

「はぁ……ぁあ……あっ、ビクター様……ンんっ」

ビクターの顔が胸に寄せられたかと思うと、胸の端に唇が触れた。ちゅっ、という甘ったるい音が耳朶を震わせる。

体が密着しているときに、こういう甘さを浴びせかけられるのはよくない。頭がとろとろに蕩けて、ビクターが欲しいという以外、なにも考えられなくなってしまうからだ。

かと思えば、唇のやわらかい感触のあとで肌をきつく吸いあげられて、急な刺激にびくりと体が跳ねた。

「痛っ……いまのはなんで……しょう？　んんっ」

また吸いあげが続いて、マチルダは体をくねらせた。体が太腿の上からずりおちそうになり、ビクターの手で腰を支えられる。

「マチルダが僕のものだって言う印をつけたんだよ。もっともっといっぱい体中につけてあげる」

そう言いながら、首を伸ばしたビクターは、ちゅっと唇の上に軽いキスをする。

その仕種が手慣れているように感じるのに、ビクターの言動にすぐに裏切られる。

「もうそろそろ足に塗った爪紅は乾いたかな？　いい考えだっただろう、向かい合って抱き合うというのは。体位がたくさん載ってる本に書いてあったんだ。対面座位とかいうんだったかな……この体位なら抱き合いながら爪紅を乾かせる。一石二鳥だろう？」

ようするに、ビクターは本で見た体位を、初めて試しているると言っているのだった。

早口に説明されても、その間にまた肉槍を抽送されて、返事をする余裕なんてない。

狭い膣壁のなかを固い肉槍が動くたびに、体の芯がきゅうきゅうと疼いて、苦しいのと快楽とが同時に襲ってくる。

ぞくん、と身震いが起こったのを見透かしたように、ビクターの舌が胸の先を舐ってきたから、また愉悦の波が大きくなった。

「あっ、あぁん……やぁ、胸の先……感じちゃう……ンぁ……――あっ、あっ……！」

びくびくと痙攣するように体が跳ねて、軽く達してしまった。こうなると快楽を思い出した体はビクターの性戯に溺れるしかない。

自分の上に乗せたままだともどかしいのだろう。ビクターはマチルダの体を机の上に押し倒すと、片膝を机につきながら抽送を早めた。

「もっと？　ねえ、マチルダ……早く僕とマチルダの子どもが欲しいだろう？」

「ぁあっ、はぁ……ビクター様とわたしの子ども……んんっ」

肉槍で奥を突かれる快楽に揺さぶられながらも、少しだけ想像してみた。

欲しい。子どもが。でも。

――『子どもが生まれてからだと面倒なことになるから、離婚するなら早いほうがいいわよ』

呪いのような言葉を思い出して、それ以上は口にできなかった。代わりにマチルダの口から出てきたのは、

「ビクター様……もっと抱いてほしい。もっと激しくしていいですから……」

そうすれば、抱かれている間だけはベアトリクスの呪いのような言葉を忘れることができる。

抽送の激しさで、悲しくもないのに涙が零れていた。

でもいまは、その涙に少しだけ感情が入り混じっている。

「マチルダ？」

本当にいいのかと言わんばかりに、ビクターの指先がマチルダの髪をゆっくりと梳くように掻きあげていく。

マチルダが小さくうなずくと、ビクターは腰を強く押しつけるようにして抽送を早めた。

ビクターの白金色の髪が汗ばんで揺れるのが頭上に見える。

（ああ、ビクター様のこういう必死そうな顔も……好き）

そう思った次の瞬間、体の奥に精が放たれて、びくびくといつになく大きく体が跳ねた。頭のなかが真っ白になる。

「マチルダは僕のものだよ……それに一日は長いんだから。離婚なんて言葉を口にしたマチルダをたっぷりと後悔させてあげるよ……」

そんな恐ろしい言葉を吐きながらも、マチルダの唇に落とすキスはやさしい。

絶頂に達したあとの気怠い恍惚を感じながら、マチルダはひととき、やさしい旦那様のキスを貪る。

（ビクター様と一緒にいられるのだから、少しくらい激しくてもいいわ……）

うっとりとそんな思考に流されてしまう。

けれどもそのあと、ベッドの上に移動させられたマチルダは、自分の考えが甘かったことを思い知らされる。

なにせビクターの休暇は、はじまったばかりなのだった。

第七章　王太子殿下の舞踏会で妻デビューしまして

（ビクター様はなぜあんなにわたしの爪にこだわるのかしら……）

マチルダはときどき首を傾げて考えてしまう。

うきうきと爪紅を塗るビクターは楽しそうで、綺麗に整えられた爪を見るのはマチルダとしても嫌いじゃない。

特にビクターが新しく開発したという爪紅は色が多彩で、乾くのが早い。

花柄の模様をつけたり、真珠や金箔で飾ってくれるのはとても綺麗で、爪を綺麗にして出かけるのが楽しくなりつつある。

公爵家に嫁いできて二ヶ月が経ち、マチルダはすっかりここの生活に慣れてきた。

あいかわらず、ビクターの行動は唐突で、マチルダの躾には従順なのに、襲ってくるときは手加減がない。

しかも、女性を抱くのはマチルダが初めてだった、というわりに変に研究熱心で、異国で出されたという様々な体位の本を買ってきては、試したがるのも困ったものだった。

（ビクター様は本当に見かけ詐欺というか……犬の皮を被った狼というか……）

駄々《だだ》をこねたビクターに昼間から押し倒されると、マチルダは困ってしまうのだ。

いまでも、マチルダのなかの倫理観は、昼間から情事に耽るなんてふしだらなと悲鳴をあげるし、いくらビクターが優秀で仕事の成果を上げていても、昼間はちゃんとお仕事にいったほうがいいと思っている。

なのに、ビクターから迫られるのは嫌じゃない。

むしろ、うれしいから余計に困るのだ。

「だって真面目に毎日通勤していたって、無為に仕事をしている振りをしているだけのやつなんていっぱいいるんだよ、マチルダ。少ない仕事時間で最大効率の成果を出しているんだから、今日くらい休んでもいいと思わない？」

などともっともらしいことを言われると断れない。

マチルダが真っ赤になってうなずくと、ものすごくうれしそうにするビクターの背後には振り切れんばかりに揺れるしっぽが見える気がした。

順調だったのだ。

ベアトリクスの忠告は、マチルダの心に暗い翳《かげ》を落としていたし、それを忘れることはできなかった。でも、その翳さえ見なければ、マチルダはしあわせだった。こんなにしあわせでいいのかと思うくらい、有頂天でいた。

——ある日、うっかり離れのなかを見てしまうまでは。

ビクターが言うように、マチルダは公爵家の屋敷のなかを自由に歩き回れた。家でハーブを育てるのが好きだったと言えば、マチルダ専用の畑をくれて、好きなハーブを植えていいとまで言われている。

実家からハーブの苗を送ってもらい、さっそく植えようかと、うきうきと考えながら庭を歩いていたときのことだ。自分が立ち入り禁止を言い渡されている離れに、ハウゼンが入っていくところを見てしまった。

風を通すためだろうか。入口の扉が開いたままだったから、ついマチルダは好奇心を抑えられなかった。

そして、綺麗な女性の肖像画が飾られているのを見てしまったのだ。

ひと目見ただけで、それが特別な肖像画だと言うことはわかった。

絵そのものも名画が持つオーラが漂っていたが、それ以上に目を惹きつけたのは額装だった。絵の雰囲気を損なわないように、しかし、手のこんだ細工が施されており、とても存在感がある。

絵の女性は美しく、そしてなにより注目させられたのが、胸の下で組んだ指に、真っ赤な爪紅が施されていたことだった。

肖像画の周りには、爪の細密画がいくつも飾られていたが、どれも同じ人の爪だ。マチルダの爪の絵ではない。肖像画と同じ形の爪だった。

その絵を見たとき、なぜかマチルダはひどくショックだった。

(ビクター様が好きなのはわたしの爪で、それが唯一のわたしの取り柄だと思っていたのに)

違ったのだ。広間に自分の爪が飾られているのは耐えがたかったのに、どこか自慢でもあったらしい。ほかの女性の爪の細密画が飾られているという事実に、マチルダのなかのなにかが崩れていくのを感じた。

ハウゼンに見つかりそうになり、慌てて離れを出た。けれども、マチルダが見たのは幻じゃないはずだ。

(ビクター様がこんなにも爪紅を綺麗に塗れるのは……わたし以外の人にもたくさん塗ったことがあるからなのでは……)

マチルダのなかに芽生えたのは、そんな疑惑だった。

一言で言えば嫉妬だ。自分でもこんな気持ちは初めてで、素直に直視できないから、余計に困った。気軽にビクターに訊ねられない。

（まさか、このわたしが、お見合い結婚した旦那様の女性関係に嫉妬する日が来るなんて）

想像したこともなかった。結婚さえできれば安泰だと安易に考えていた。婚家を追い出されないかぎり、必要最低限の生活は確保できる。あとは結婚相手が浮気をしようと遊び歩こうと、マチルダは見ない振りをして暮らせると思っていた。そんな夢を見ていた。

でも、すべて幻想だったのだ。

実際にはマチルダはビクターのことが好きだし、いつも一緒にいたいし、ビクターに浮気してほしくない。なのに、離婚させられる可能性を示されたかと思えば、ほかの女性の影がちらついている。全然、安定した将来が見通せない。

侍女のエリーからも突っこまれてしまった。

「確かにビクター様の王位継承権が高くなれば、マチルダ様は離縁されるかもしれませんね」

難しい顔で言うエリーは、もう男爵家の使用人ではないから、マチルダとは運命共同体だ。

マチルダが公爵家から離縁されれば、ふたりして流浪の身となるだけに言葉が重い。

「そのときは公爵家に頭を下げて家庭教師の口でも紹介してもらうしかないわね……」

マチルダがしんみりとして言うと、いつもは舌鋒《ぜっぽう》鋭いエリーもうなだれていた。

離縁されたら働こうなどと考えるマチルダは、どこまでも石橋を叩いて渡る堅実な性格だった。ときどき、石橋を叩きすぎて割ってしまうくらいの。

それでも、王太子殿下の舞踏会——マチルダがビクターの妻としてお披露目される日は、刻一刻と近づき、ドレスを合わせたり、当日参加するであろう高位の貴族の名前を覚えたりと忙しくしているうちに、瞬く間に過ぎていったのだった。

† † †

王宮はその夜、まるで夜を昼に変えたかと見紛《まが》うばかりに光り輝いていた。

招かれているのは高位の貴族だけだから、もう少しささやかな会なのかと思ったら、とんでもない。

さすがは王太子殿下のお見合いを兼ねた舞踏会だ。大広間はぴかぴかに磨きあげられ、シャンデリアはおろか銀の燭台《しょくだい》さえ光を放っているように眩しい。

しかし、夜闇を照らす輝き以上に気合いが入っていたのが、招かれていた令嬢たちだった。

王太子妃になるかもしれない令嬢だから、粒ぞろいの、由緒正しい家柄の娘たちばかりだ。

事前に公爵夫人から教えられたところによると、伯爵令嬢以上が基本だが、古くからある家柄や王家の覚えがめでたい場合は、子爵令嬢や男爵令嬢も招かれているのだという。

（こういうときに、美人は得なのよね……）

マチルダは着飾った令嬢たちを見ながら、開いた扇の陰でそっとため息を吐いた。

男爵令嬢であっても、人の噂に何度もあがるほどの美人なら、舞踏会に招きたくなるのがホストの心理というものだ。

今宵《こよい》の舞踏会のホスト――主催者は王太子殿下なのだから、なおさらだ。

自分の妃になるかもしれないのだから、見目麗しい娘に興味を持つのは当然だろう。

我こそが王太子妃にと色めきたつ令嬢が、王太子殿下に注目するのは自然な流れだったのだが、ビクターも違う意味で注目を集めていた。

「ねぇ、あちらをご覧になって……珍しいわ。レッケンベルグ公爵家の……ビクター伯爵ではなくて？」

「めったに舞踏会になんていらっしゃらない方なのに……ビクター伯爵もお見合いがてら、いらしたのかしら？」

そんな声がマチルダの耳にまで届いてくる。

（まぁ確かに、王太子殿下にふさわしい名家の令嬢なら、ビクター様にもふさわしい令嬢ということになるわね……）

手にした扇を弄ぶ陰で、マチルダはまたため息を吐いた。

なんといっても、王位継承権第四位という肩書きは、それだけの重みがある。

しかも、王太子殿下とは年齢が近い。

（婚約者候補の令嬢たちはいったい何人いるのかしら……五十人？　ううん、百人はいるかもしれない……）

招待客のなかには王太子殿下と親しい男性もいるし、公爵夫妻のような既婚者も多いから、独身の令嬢の数は、はっきりとはわからない。

しかし、そのうちのたったひとりしか、王太子殿下の婚約者になれないのだ。ほかにもいい相手がいれば、保険をかけて顔合わせをしたいと考える令嬢がいても、不思議はなかった。

そして、その原因のひとつは、マチルダがビクターにふさわしくないということもあるのだろう。

（わかってはいたけど……少しだけ辛い。身の置き場がないというか……）

ビクターの腕に手をかけて歩きながら、マチルダはこれ以上、ため息をつかないようにするのに必死だった。

ようするに、大広間にいる人々からマチルダは相手にされていないのだ。

（わかっていたことでしょう、マチルダ。王太子殿下の妃の座を狙うような高位貴族の令嬢たちはみな顔見知りで、彼女たちが知らないわたしなんかは、視界に入らないって）

高位貴族でないばかりか、周囲を圧倒するような美人でもない。人目を惹くカリスマ性も、もちろんない。そんなマチルダは、完全にその他大勢のなかに埋没していたのだ。

平凡な顔立ちと言っても、今宵のマチルダはひと味違っている。

公爵家の威信をかけた豪華なドレスを着ているし、胸元を飾る首飾りも、デコルテを覆うほど豪奢だ。大きな宝石を取り囲むように小さな宝石が無数に配置されており、シャンデリアの明かりを受けて、きらきらと燦《きら》めいている。

新調したドレスは濃紺を基調に、白いフリルやリボンをふんだんにあしらっている。袖や胴回りの切り返しには、高価だという噂の隣国のレースをたっぷりと使っていて、その繊細な模様が落とす陰は、光沢のある絹のスカートをより豪華に見せていた。

花が連なるような形をした髪飾りにも宝石がついていて、マチルダのブルネットの髪によく似合っている。ブレスレットや指輪も身につけているから、宝飾品だけでも目が飛び出るくらいお金がかかっているはずだ。

さらにマチルダを豪奢に見せていたのは、実は爪紅だ。

今日は手袋は身につけていない。爪紅を見せつけるのが最近の流行で、マチルダもビクターが施してくれた模様付きの爪紅をしてきたからだ。

扇を手にするたびに目につくのだろう。その変わった爪紅は、マチルダの容姿よりも衆目を集めて、ちらちらと興味深そうに指先を見つめられていた。

宝飾品もドレスも、ビクター特製の爪紅も、この舞踏会にいるどの令嬢にも負けていない。それは断言できる。

しかし、肝心のマチルダに、高位貴族が発するオーラがないのだ。おかげでビクターにエスコートされているというのに、さっきから存在をほとんど認知されていなかった。

「ビクター伯爵と一緒にいるのは親戚のお嬢さんかしら？」

せいぜいがそんな具合だ。精神がごりごりと削られるのを感じる。

（場違いだとわかっていても、ビクター様の妻として振る舞わなくては……）

なけなしの気力を振り絞って、周囲の雑音を忘れようと努力する。

（そうだわ。ビクター様のことだけを見ていればいいのかも）

ちらりとマチルダは隣りを歩くビクターを盗み見た。

王太子殿下主催の舞踏会だからだろうか。ビクターはフロックコート姿ではなく、会議に出かけたときと同じ軍服姿でいた。大広間を見渡せば、何人か軍服姿の男性を見かけるから、軍と関わりのある人は軍装で来ているのかもしれない。

（さもなければ、わたしがビクター様の軍服姿をよろこんだからかもしれないわね……うん、ありえそう）

尋ねたら、にこにこと笑って肯定するビクターの顔が目に見えるようだ。自分で想像しておいてなんだけれど、ものすごくビクターがやりそうなことだった。

先日、書斎で脱ぎ散らかしたときの皺は、どうやら見当たらないようだ。

マントと軍帽はエントランスで預けてあり、いまのビクターは裾の長い上着を身につけた姿でいる。白金色の髪に黒い軍服がよく映えており、その場にいるだけで、人目を惹くのは無理もなかった。

（ビクター様……やっぱり格好いい……）

外見だけ見ていれば、本当に極上の貴公子なのだ。

高貴な薔薇が咲きほころんだ瞬間を永遠に封じこめたような気品。姿勢がいい歩き方をはじめ、懐中時計を見るときの間の取り方といった、ちょっとした仕種にも優雅さが漂う。

ビクターが歩くだけで、ほかの人が道を空けてしまう気持ちがよくわかる。

そういう独特のカリスマ性を放っているのだ。

周囲がざわつくせいで、ビクターが来たことに気がついたのだろう。王太子殿下がこちらに視線を向けた。

「やぁ、ビクター。来ていたのか」

サウラスはいつになくさわやかな笑顔を浮かべて言う。対するビクターも先日の会議のときとはうって変わって、見ているだけで胸がときめくような笑みを浮かべて応対した。

「王太子殿下、本日はお招きいただき、ありがとうございます。ご紹介します。こちらが『妻』のマチルダです」

ビクターの言葉を受けて、マチルダは足を交差させ、体を屈めるお辞儀をする。

その間も、ビクターとサウラスの間には見えない火花が散っているかのようだった。

（なんかこう……狐《きつね》と狸《たぬき》の化かし合いというか……腹に一物抱えた者同士が腹の探り合いをしているような……）

小市民の身では、この場にいるのが少々怖い。

そんな火花散る挨拶のあとだったから、サウラスは先日のように自分を否定してくるのかと思いきや、意外にも、マチルダの手をとり、その甲に挨拶のキスをした。

「まさか、ギディングストン＝レイ伯爵に結婚の先を越されるとはね……みんな、この愛すべき変人の結婚を祝福してやろうじゃないか」

張りのある声を出したサウラスが周囲に告げると、驚きのどよめきが湧き起こる。

（あ、ここで『ギディングストン＝レイ伯爵』だなんて持ち出して、わたしを牽制してくるわけね……なるほどなるほど）

なんの嫌みも言われないほうがいいが、なにもないのも怖い。おかしな感覚かもしれないが、軽く嫌みを言われるほうが、いっそ安心できた。

周囲から拍手や「おめでとう」という言葉が湧き起こるなか、ビクターは当然のことのようにすました顔をしている。

マチルダを見たサウラスは、いつものように偉そうだったが、彼の態度にはもう慣れてきた。どちらにしても王太子殿下なのだから偉そうにしていて当然だし、そもそも関わり合いがないマチルダには、ほとんど実害がないからだ。

しかし、なにやらちらちらとマチルダを見て、物言いたそうにしているのはなんだろうと小首を傾げたときだ。

「あー……マチルダ嬢には感謝している。先日ビクターを会議に出るように説得してくれたとレッケンベルグ公爵から聞いた。その件に関しては、一応、礼を言っておく」

なんの気の迷いかわからないが、王太子殿下からのお言葉だ。ありがたく受けとっておくしかない。

「も、もったいないお言葉です。ビクター様の躾……ではなくて、夫を支えるのも妻の勤めだと思っておりますので」

思わず本音が零れそうになって、慌てて言い換える。

（お義父様がわたしを持ちあげるために、王太子殿下に言ってくださったのね、きっと）

貴族院の許可といい、レッケンベルグ公爵家の人々はどうやら策略がお好きらしい。

サウラスは一瞬微妙な顔をしたが、それ以上追及しては来なかった。代わりに慇懃《いんぎん》な態度でゆっくりと周囲を見渡し、圧倒すると、

「では、ギディングストン＝レイ伯爵の結婚と、私自身にも素敵な令嬢との出会いがあることを祈って……ワルツを」

手をすっと上げて宣言をした。待機していた音楽家たちがいっせいに楽器を構える。

そのサウラスの動きで、周囲で雑談をしていた人々も、そばにいる人とダンスをはじめるときの姿勢をとった。

「そこのお嬢さん、お手を。僕と踊ってくださいますか？」

気取った調子でビクターが手をくるくると回して、お辞儀をする。冗談めかした振る舞いに口元がゆるむ。マチルダはもちろん即答だった。

「もちろん！　お誘いいただきまして、大変光栄ですわ！」

飛びつくようにしてビクターの手をとると、大広間の中央へと誘い出される。

（どうしよう、どうしよう……わたし、ビクター様のことがこんなにも好き……ずっとおそばにいさせてほしい）

ステップを踏むたびに、好きだという感情が溢《あふ》れ出してしまいそうだ。

なのに、この舞踏会で気づいてしまった。

(やっぱり、わたしはビクター様の妻としては認めてもらえないかもしれない……)

悔しいけれど、ベアトリクスの言ったとおりだ。高位貴族のなかに混じると、自分がいかに田舎貴族くさいかを思い知らされてしまう。同じイルミントン王国の貴族だと言っても、やはり属する社交界によって、こんなにも格が違うのだ。

「ビクター様、ごめんなさい……わたし、あまりダンスが得意ではなくて」

足を踏みそうになったマチルダは、ドレスのなかで足が絡み、ビクターの手で支えられる。

リードが上手だから傍目《はため》にはわからないかもしれないが、さっきからマチルダはビクターについていくのに必死だった。ゆったりとした曲でこの有り様なのだから、もっとテンポが速くなったら、もうまともにステップが踏めないだろう。

「いいんだよ。うまい下手なんて関係ない。マチルダと踊っていれば、なんでも楽しいよ」

そう言ってビクターは慰めてくれるけれど、やっぱり悔しい。

「ビクター伯爵の妻だなんて紹介されていたわりに、大したことないわね」

そんな当てこすりの声が聞こえて、でも否定できない自分がいる。

(公爵家であんなに練習したのになぁ)

もともとダンスは苦手なほうだ。そもそも体を動かすのが得意じゃない。

それでもマチルダなりに頑張ったつもりだが、優雅に踊るほかのカップルを見てしまうと、自分はビクターに恥をかかせているのかもしれないという暗い気持ちが湧き起こる。

（いけない……せっかくビクター様とダンスをしているのだから、下手でもいまだけは楽しまなくちゃ）

自分のなかの嫌な気持ちを無理やり振り切る。

だって華麗な大広間で踊るビクターは素敵だし、衆目の前で整った相貌に顔を寄せるのは、ダンスとはいえ、どきどきする。

いつか離婚させられるにしても、この瞬間、ビクターはマチルダだけのものだ。

体を支えられながら、ゆっくりとターンをすると、ビクターの青灰色の瞳と目が合う。ビクターが微笑んでくれると、まるで一面に薔薇が咲き誇ったかのような錯覚に陥るのだ。

それはそれは優雅な恍惚に浸ってしまう素敵な円舞曲《ワルツ》だった。

ヴァイオリンの音がやがて小さくなり、曲が終わると、挨拶のお辞儀でお仕舞《しま》いになる。

（ああ……楽しい時間はあっというまだったわ……）

まだ素敵なダンスの余韻に浸っていたいのに、そんな時間すらままならない。

「ビクター伯爵、次は私と踊ってくださいませんか？」

「去年の夏の舞踏会でお話ししたのを覚えていらっしゃいますか？　もう一度お目にかかりたいと願っていたんですのよ」

優雅にも押しが強い令嬢たちの勢いに押されて、マチルダはあっというまにビクターから引き離されてしまった。

唖然とさせられるが、心が折れかけてもいたから、ほっとしている自分もいる。

ここは寛大な妻を装って、マチルダは休憩させてもらおうと、ビクターに小さく手を振った。

ビクターを取り囲む集団から離れて、飲み物でもいただこうかと、ウェイターを探していたときだ。

「どうぞ……軽いシャンパンでよかったかな？」

すっとグラスを差し出されて、驚く。

振り向くと、メルベリー子爵が立っていた。王太子殿下の部下だから、彼も招待されていたのだろう。先日見かけたのと同じ、軍服姿だった。

「あ、ありがとうございます……」

他人から渡されたグラスに口をつけるのは怖いような、しかし、親切からとってくれたのだとしたら、無下にするのも怖いようなと、どうしようか迷っていると、彼はマチルダがグラスに口をつけるのかどうかを気にしていなかったらしい。話を切り出した。

「本当にビクター伯爵と結婚していたとは……正直驚いたよ。彼は変わり者で有名だったし、結婚したという噂も聞かなかった。なにかの冗談だと……」

言いたいことはよくわかる。

マチルダ自身、まだ信じられていない。こうしてお披露目をされたあとでも、なにかの拍子には離婚させられるのではと考えてしまうくらいだ。そんな話のあとで、

「よければ、一曲踊っていただけないかな？」

お辞儀をしながらのダンスの誘いを受けて、正直に言えばとまどっていた。

いまだ、彼には苦手意識を持っていたが、ダンスは社交界で人と知り合うための基本だ。ビクターだってマチルダが手持ちぶさたで待っているより、誰かと話したり、ダンスをしているほうが気楽だろう。それに以前の婚活パーティでは、話の腰を途中で折るような形で去ったのを申し訳なくも思っていた。

迷ったあげくに応じると、メルベリー子爵からも結婚のお祝いの言葉を告げられた。

「言い忘れていたが、ご結婚おめでとうございます。マチルダ嬢……いや、レディ・ギディングストン＝レイと呼ぶべきかな？」

「そんな肩書きで呼ばれてしまうと、自分のこととは思えませんね」

ゆるくステップを踏みながら、人波の向こうにビクターの姿を捜すのに、なぜか見つからない。

よほど幾重にも令嬢に囲まれているのだろうか。

ビクターの姿が見えないと、急に心までが遠くなってしまうような不安を覚えた。

（レディ・ギディングストン＝レイ……ギディングストン＝レイ伯爵夫人などと言われても、さすがに自分のこととは思えない……）

頭が真っ白になりそうだ。

王位継承権の順位が一桁だなんて、普通だったらそんな相手は、マチルダを見合いの相手にすら選ばないはずだ。

（なぜ……なぜあのとき、ビクター様がわたしのお見合い相手だったの……）

どうしてもその疑問に戻ってしまう。

そもそも、公爵家の御曹司というのは、子どものころからの婚約者が、ひとりやふたりいて当然なのだ。

（たとえば……そう。ベアトリクスのように美人で、爪の綺麗な女性……）

そこまで考えたとき、ふっと離れの奥に飾ってあった肖像画を思い出してしまった。

真っ赤な爪紅を塗った爪を膝の上で組んだ女性の絵だった。

（もし彼女がビクター様の婚約者だったとしたら……）

妄想は際限なく暗いほうへと転がり落ちていくようだ。

いまダンスをしていることも半ば忘れていたマチルダは、メルベリー子爵の言葉で、はっと我に返った。

「そういえば、ベアトリクスも来ていたよ。さっきエントランスで声をかけられたんだ」

幼馴染《おさななじ》みの名前を聞いて、一気に現実に引き戻される。

――『男爵令嬢では身分が違いすぎるもの……絶対に離婚させられるわ。子どもが生まれてからだと面倒なことになるから、離婚するなら早いほうがいいわよ』

いまこんなときに思い出したくなかった、などと考えても仕方ない。

彼女は彼女なりの親切心で言っているのだということもわかっている。

でも、声を震わせずに話すので、精一杯だった。

「ベアトリクスが……そうですか。王太子殿下のお見合いお相手として呼ばれたんでしょうね」

自慢気に着飾っている彼女を容易に想像できる。

そんな噂をしていたのを聞きつけたのだろうか。ダンスが終わったところで、当の本人が近づいてきた。自分はもう挨拶をしたからと、メルベリー子爵は次のお相手を探しにダンスの輪のなかに戻っていく。

「マチルダ……ねぇ、少し向こうでお話ししましょうよ」

ベアトリクスはいつものように主導権を握った調子でマチルダを誘った。

こういうとき、マチルダには選択権がない。ベアトリクスとふたり、大広間の熱気から離れるように、バルコニーへと出るしかなかった。

外に出ると、まるでいままでのことは嘘だったかのように音楽も喧噪《けんそう》も聞こえなくなる。静かだった。ランプの明かりが仄かに揺れるだけで、ベアトリクスとマチルダの足下には濃厚な陰が落ちる。

仄明《ほのあ》かりの下で見るベアトリクスは美しい。彼女の髪もマチルダと同じブルネットなのだが、ウェーブさせた髪は艶《つや》やかで綺麗だ。今宵の舞踏会のために、しっかりと準備をしてきたのだろう。真っ赤なドレスもよく似合っている。

「マチルダ、さっきの王太子殿下とのやりとり、見ていたわよ」

ベアトリクスはいつもの調子で切り出した。

ふたりきりで話すときはいつも同じ。彼女はお姫様で、マチルダはせいぜいが彼女の使用人という扱いだ。

それは彼女を取り巻くグループの暗黙の了解のようなものだった。

紅を引いた口紅から紡ぎ出される言葉は、聞こえているのに、ひどく遠い。

耳鳴りのような雑音がして、声がうまく聞きとれなかった。「そう」と短い返事をするくらいしか言葉が出てこない。

けれども、続いた言葉だけは、妙にはっきりとマチルダの耳に響いた。

「本当にビクター伯爵との結婚をお披露目されてしまったのね……かわいそうに」

「かわいそう……？　わたしが？」

思わず聞き返していた。

（いったいベアトリクスは、なにを言い出したのかしら）

勝手知ったる相手だけに、マチルダのなかで警戒心が湧き起こる。

「だってそうでしょう？　人に知られていないうちに離婚しておけば、出戻りだと知られずにすんだのに。王太子殿下からお披露目なんてされてしまったら、みんなの記憶に残ってしまったじゃない」

豊かな髪を見せつけるように掻きあげる仕種は、男爵令嬢風情が思いあがるんじゃないわよと雄弁に語っているかのようだ。

（ううん、違う……そう思うのは、わたしの劣等感のせいだわ……）

すぐにマチルダは思い直した。

いつだったか、エリーにも言われたことがある。

――『マチルダ様はなぜ、ベアトリクス様の言葉にそんなに振り回されるのですか？』と。

なぜって言えば決まっている。ベアトリクスが伯爵令嬢で、美人だからだ。自信家の彼女はマチルダにないものをいっぱい持っている。

それが眩しくて、うらやましくて——どうして逆らえるというのだろう。

ずっとそう思っていた。そう思いこまされていたのだ。

ビクターの傍若無人なまでに我が道を行く姿を見て、マチルダは気づいた。

(わたしは彼女のように美人じゃないし、なんの取り柄もない、ただの男爵令嬢なのが……辛かったんだわ……)

自分に自信がないから、愛される未来が想像できなかった。破綻した結婚生活になるだろうと想像しながらも、自分の話を聞いてくれないというだけでメルベリー子爵を苦手だと感じる、心の矛盾にも気づいていなかった。

でも、それだけじゃない。

自分で自分が傷つかないように、いつも期待をしすぎないようにしていたのだ。

慎重な性格なのだからと、劣等感を見ない振りをして、ベアトリクスとも波風を立てたくなくて、心に蓋をしていた。

(あの肖像画のこともそう……)

ビクターに尋ねる勇気がないのは、自分に自信がないから。本当のことを知って、傷つきたくないからだ。

ベアトリクスから言われたこともそう。『身分が男爵令嬢の自分はいつか離縁されるはずだ』と思いこみたいのは、それが自分を守る都合のいい言葉だからだ。

（でも、もし身分が低いことが原因で離婚させられることが将来あるにしても、わたしはいま、絶対にかわいそうじゃないわ）

身につけているドレスの豪奢さを見せつけるようにして、マチルダは背筋を伸ばした。

ただ、気持ちの有り様を変える。それだけで世界から祝福されて、一筋の光が当たっているような気分になれる。

公爵家の威信を賭けたドレスを纏っているのだ。たとえ、マチルダの顔立ちが平凡で、どんなにカリスマ性がないとしても、見下されて黙っているわけにはいかない。

マチルダが開き直ったのを表情で察したのだろう。幼馴染みなのはお互い様だ。

ベアトリクスにだって、マチルダの考えることが手にとるようにわかるに違いない。怯むように、彼女が一歩後ずさった。

「な、なによ……急に。そのドレスでも見せびらかすつもり？」

「……ベアトリクス、わたし、ビクター様のところに戻るわ。ご忠告ありがとう。ビクター様と別れる予定はないけど、お礼だけは言っておくわ」

彼女の言葉に応えずに、マチルダはすっと踵《きびす》を返した。

バッスルのついたドレスが揺れた瞬間、どれだけそのドレスが輝いて見えただろう。マチルダが身につけている宝石の価値を知らないベアトリクスではない。

それもわかっている。

（わたしはもう……あなたの言葉にびくびくと振り回されるのはやめるわ……ベアトリクス）

マチルダが去った瞬間、ベアトリクスはどんな表情をしていただろう。ほんのわずかそんなことを考えたけれど、マチルダは振り返らずにバルコニーから大広間に戻った。

誰からも注目されなくたっていい。自分の心がわかっていればいい。

（………ビクター様、そうですよね？）

ここにはいないビクターに語りかけたマチルダは、眩しいシャンデリアの光を受けて顔を上げる。

「だってわたしは変人と名高いビクター様の妻……」

――ギディングストン＝レイ伯爵夫人なのだから。

第八章　旦那様の愛の力がすごすぎる

（ビクター様はどこにいらっしゃるのかしら……？）

大広間の人々に目を凝らして、背の高い白金色の髪を捜す。

「この方は違う……あの方も。もっとこうさらさらの髪で……」

ぶつぶつ言いながら、人が集まっているところを捜すが、なにせ人が多い。大広間は広い上に、別の階層もある。二階にでも行かれていたら、マチルダには捜しようがない。

でも、ビクターがマチルダを捜すのはもっと難しいはずだ。なぜならマチルダは背が高くないし、人波の陰に隠れてしまいがちだからだ。

マチルダが背の高いビクターを捜すほうが、まだ出会える確率が高いはずだ。そう思って、きょろきょろと視線を彷徨わせていたのに、

「マチルダ！」

唐突に名前を呼ばれて、マチルダは振り向いた。

人波を掻《か》き分けてビクターが近寄ってきて、いきおいよくマチルダに抱きつく。

「どこに行ったかと思って捜したじゃないか！　僕を見捨てていくなんて……マチルダ酷い」

ぎゅうぎゅうと抱きしめられながら非難されて、変な話だけれど、マチルダの虚勢はどこかに吹き飛んでしまった。

聞きたいことがあるからと気を引きしめていたはずなのに、無理だ。

胸があたたかくなって——……ぽろりと涙が零れた。

「マチルダ⁉　ごめん、きつく抱きしめすぎた？　それとも僕の言葉がきつかった？　えっとその……マチルダを非難したわけじゃないよ。本当だよ！」

一息に言い切られてびっくりしたけれど、必死な顔がうれしい。また涙が溢れてしまう。

「違うんです……ビクター様があまりにもビクター様だから、つい、ほっとしてしまって」

ベアトリクスの前では「ビクター様と別れる予定はない」などと啖呵《たんか》を切ったけれど、そんな保証はどこにもない。

でも、現実のビクターの顔を見たら、全部吹き飛んでしまった。

「ビクター様、よくわたしがいるところがわかりましたね……わたし、こういうパーティでは埋没してしまいますし、背が低いから見つけづらかったのではありませんか？」

実を言えば、デビュタントのときに付き添ってもらった伯母からは、さんざんなことを言われていた。

デビュタントというのは、初めて社交界デビューする貴族の娘を指す。

親戚に付き添ってもらうのが通例なのだが、人が多い舞踏会でのことだ。右も左もわからないデビュタントは失敗することが多い。

案の定、伯母とはぐれたマチルダは、「背が低いから見つけられない」とか「あまりにも群衆と同化しているから存在感がない」などと怒濤のように怒られたのだ。

伯母の言葉は心配の裏返しでもあると理解していても、少しだけしんどかった。

(なのに、なぜビクター様は、わたしの居場所がわかったのかしら？)

「それはもちろん、愛の力で見つけたんだよ。マチルダのいるところは、いつだって僕にはわかるからね」

ビクターはそう言って、マチルダを抱きあげながらくるくると回る。

正直に言えば、こういうビクターの振る舞いは、舞踏会の高位貴族の所作としてはいかがなものだろうかとは思う。はっきり言えば、ダメだ。マナーの先生にでも見られたら、厳しい言葉が飛んでくるはずだ。

なのに、ビクターがやることだから仕方ない。

周囲の貴族たちもくすくす笑っているが、馬鹿にしているという雰囲気ではない。むしろ、微笑ましい光景を見ているような、飼い主とはぐれた犬が、ようやく飼い主と会えてよろこんでいるところを見るような、そんな和やかさがあった。

変人ならではの役得である。

でも、言葉の上だけでも「愛の力で見つけた」などと言われて、うれしくないわけがない。

通常運転のビクターを見て、マチルダも腹を決めた。

「あ、あの……ビクター様。わたし、ビクター様におうかがいしたいことがあるんです。少しお時間をいただけないでしょうか」

† † †

マチルダの様子がよほど必死だったのだろうか。ビクターは使用人を引き止めて休憩用の小部屋を用意してくれた。

同年代にサウラスという王太子殿下がいるせいで、子どものころから王宮に呼ばれていたのだろう。舞踏会にはあまり顔を出さないわりに、ビクターは王宮のしきたりに慣れているようだった。

(子どものころのビクター様も、王太子殿下の前で虚無の表情を見せていたのかしら)

想像してみると、少しだけ笑いが零れた。

ビクターの態度は素っ気ないけれど、それでも王太子殿下との距離感は絶妙だ。ふたりは長年、いい友だちだったのだろう。

小部屋に案内され、マチルダとビクターがソファに並んで座っているうちに、すばやく飲み物が運ばれてくる。さすがに王宮の使用人は仕事が早い。変なところに感心しているうちに、

「ごゆっくりお過ごしください」

と告げられ、使用人がいなくなると、一瞬、ビクターとの間に微妙な沈黙が流れた。

どうもビクターはそわそわしていた。

(王宮の舞踏会ということは……多分、この部屋は朝まで使っていいということなんだと思うけど……)

そのぐらいは知識としてマチルダも理解している。

でも、いまビクターに押し倒されてしまったら、絶対になしくずしになる予感があった。

(言わなくては……ああ、でもなんて切り出したらいいか、考えていなかった！)

石橋を叩いて渡る性格が災いした。マチルダは予行練習なしの本番に弱かったのだ。

なにから話せばいいのか、立ち入り禁止だと言われていた離れに入ってしまったことを謝るところからはじめればいいのか、ぐるぐると考えていると、

「ねぇ……マチルダは僕のこと好き？」

ビクターに先に話を切り出されてしまった。

しかも、唐突な話題にマチルダはかぁっと頭に血がのぼり、あわあわと困惑してしまう。

「す、好きって……好きって……いったいなんの話ですか！」

思わず、突っぱねるような声が出てしまったのは許してほしい。

本当ならここで手が出てもおかしくはないくらい、マチルダは困惑を極めていた。

「だってマチルダはさっき、メルベリー子爵と踊っていただろう……ふたりして、いい雰囲気だった。僕は以前、君が彼と話しているところに割って入ったから……やっぱりマチルダはあの男といたかったのかと思って……」

ビクターの顔はいつになく真剣だった。

くぅん、と耳が垂れて反省しているときの垂れ耳忠犬モードのビクターであり、一方で、マチルダの一言がきっかけで、嗜虐的な狼モードに豹変してしまいそうな気配もあった。

（どうしよう。いったいなんでメルベリー子爵の話をされているのか、状況がまったくわからない……ビクター様のお考えがさっぱり読めない！）

なぜいまそんな話になったのか。誰か助けてほしいと神に祈るが、こんなときだけ頼られても困ると跳ね返されてしまいそうな祈りだった。

ビクターの整った顔が迫ってきて、ソファの上で囲いこまれる。

その表情は、忠犬モードか狼モードで言ったら、あきらかに後者に傾きかけていた。

「もしかしてマチルダは僕と先に見合いをしたから僕と結婚しているだけなのか？　僕のことをどう思ってるの？」

「え？　ど、どうって……」

面と向かって聞かれて、頬がかぁ、と火照るのを感じた。

混乱しているマチルダと素直にビクターに反応してしまう自分とが心のなかで戦って、ぐるぐると収拾がつかない。

ビクターの問いかけに素直に答えるなら、答えは「はい」だ。

マチルダはともかく結婚したかったし、ビクターから優先権があると言ってプロポーズされたから結婚を承諾したという側面は、確かにある。だって、ビクターはマチルダがお見合いしたなかでは超優良物件で、絶対に逃したくなかった。

一方で、誰でもいいから結婚したいがためにメルベリー子爵の話を受けたか、と聞かれたら即答はできない。

マチルダはビクターには好感を抱いていたが、メルベリー子爵のことは苦手だったからだ。

さっきのダンスだって、いまはビクターの妻という立場だから、安心して話ができたのだ。

それを整理すると、

「わ、わたし……ともかく結婚がしたかったんです……」

という一言になった。

お見合い斡旋所に通っていたのだから、それは嘘偽りないところだ。

見合い募集に申しこんだのに、結婚したくないなんて言ったら、それこそあの場に集まっていた婚活仲間に蹴り殺されてしまう。

「……わかってる。僕がプロポーズしたらマチルダは断れないもんね。好きとか嫌いかに関係なく、公爵家の威光に男爵家は逆らえない……そういうことだよね」

マチルダが言葉の続きを考えているうちに、ビクターが暗い顔でそんなことを言い出した。

自嘲めいた言葉をビクターが吐くなんて珍しい。いつだって自信満々に自分の道を行く人だとばかり思っていたマチルダとしては、びっくりだ。

(自嘲というか病んでるというか……)

この方向に突き進まれたら、面倒だという確信がある。

(それにしても、ビクター様でも『公爵家の威光』などというものを自覚しておられたのですね……ちょっと驚きです)

どこかしら浮き世離れしたところがあるビクターは、息をするように公爵家の威光を振りかざしているのだとばかり思っていた。

ベアトリクスもそうだが、生まれついての高位貴族というのはそういうものだ。彼らにとって爵位というのは、重さを感じないもうひとつの服と同じだからだ。

ビクターの言うことは事実だし、父親が結婚誓約書に署名した時点で、マチルダは断れなかった。公爵家に来たあとで拒絶されても、実家に戻れないとすら思っていたくらいだ。

「爵位が上の人に逆らえないというのは……一般論として、貴族の結婚というのはそういうものではありませんか？　それに、お見合いは結婚を前提にしてするものですし……」

マチルダのように微妙な身分の貴族は、つねに高位貴族の意向をおうかがいする癖がついている。高位貴族に逆らって、難癖つけられたら酷い目に遭うからだ。

マチルダのなかにどっしりと居座る『一般常識』とは、そういうことだ。

誰しもがビクターのように、自分の心のままに振る舞えるわけではない。本人が気づいているかどうかわからないが、それは公爵家の御曹司ならではの特権でもある。

（まぁ、ビクター様は爵位に関わらず、お好きになさってそうだけど……）

世間にさえそう思わせてしまうところが、ビクターが変人伯爵などと言われてしまう所以《ゆえん》なのだろう。

奇《く》しくも王太子殿下が言ったように、ビクターは愛すべき変人なのだ。

マチルダも王太子殿下がそう言った気持ちがよくわかる。

（一般論だなんて都合のいい言葉で武装しているのは、わたしがとても臆病だからだわ……）

ビクターのように、自然に自分の本当の心をさらけだせない。

欲しいものがあるのに、欲しいと口にして手に入らなかったら心が砕けてしまうと怯えて、喉元まで出かかっている祈りのような願望を見ない振りをしている。

そんなマチルダの臆病な心を知っているわけではないだろうに。

ビクターはするりと手を伸ばして、マチルダの心の扉をノックしてくるのだ。

「じゃあ、マチルダはどうしたら僕のことを好きになってくれるの？」

じっと目を合わせて、真っ直ぐな目で言われると、どんなにマチルダが臆病でも、ちらりと本音を口にしてしまいそうだ。

（うっ、好きになってくれるの、なんて……）

そんなのは簡単だ。ちょっとにこりと微笑みかけてくれたら、マチルダは簡単にビクターに恋に落ちる。

貴族院のお見合いの日に、扉を開けたらビクターが微笑みかけてくれた瞬間のように。

淑女のように扱ってくれて、エスコートするために手を差し出してくれるのだって、どきどきする。

いまだって、その一言にマチルダの心は、ど真んなかを射抜かれていた。心がぐらぐらする。感情がこんなにも動かされると、胸がきゅんきゅんと切なく疼いて苦しい。

こんな感情を、マチルダはビクターと会うまで知らなかった。自分とは一生縁がないものだと思っていた。自分のなかに初めて生まれた感情が、まるで暴風雨のように激しくて、どう扱ったらいいかわからない。

(困る。なにをどう説明したらいいのか、全然わからない……！)

どきどきしているって言えばいいのか。でも、ただ結婚したかったのも本当で。

結婚相手は誰でもよかったけど、本当は誰でもよかったわけじゃなくて。

貴族の結婚というものを冷静に考えていたのも事実だし。

そんなことをぐるぐると考えてパニックになっていると、ビクターの表情がみるみる曇っていった。

「もう、いいよ……だってマチルダは僕の妻だし。僕はマチルダを手放す気はないし……」

拗《す》ねた子どものような声を出しながら、ビクターはマチルダの手をとって、手の甲に、手のひらにキスをする。

そして最後に爪にキスをして、舌先でゆっくりと指先を舐る。

まるで、マチルダがビクターのものだと指先から刻みこんでいくように。

爪に触れて舌先でくすぐるのは、いつものビクターの行為なのに、いつもとは少し違う。

ビクターが漂わせる拗ねた雰囲気は、まるで大型犬が耳を伏せて、「くぅん」と懇願するように鳴いてるみたいだ。

マチルダの心に、ずぅん、と罪悪感が湧き起こる。

(でも、でも。わたし、ビクター様を傷つけたいわけではなくて……)

なのに、言葉でうまく説明できないから、マチルダにできるのはただビクターに好きなようにされることくらいだ。

唇が触れるのがくすぐったくても、爪を舌先で弄ばれてぞくぞくと体が震えそうになっても、ビクターに手を上げてはいけない。

(パニックにはなりそうだけど、ビクター様のことが嫌いなわけじゃない……)

だから必死に耐えていたのに、ビクターがぎゅっとマチルダを抱きしめてきたから、理性が吹き飛びそうだった。

ソファの上に押し倒されて視線が絡むと、ビクターの目はいつになく鋭い。

笑みを消した顔は、まるで捕食動物が牙を剥いたかのようだった。

(あ、やっぱり垂れ耳忠犬モードは偽装で、嗜虐狼モードが本命だった!)

怖くてぞくりと背筋に震えが走るのに、凄絶な色気に惑わされてしまう。

いま、美しく獰猛な獣が、目の前でマチルダの喉元に食いつこうと狙っていた。

「ねぇ、かわいいマチルダは、どうしたら心まで僕のものになってくれる？ 昼も夜も抱いて抱いて抱きつくして僕の性戯に溺れさせてしまえばいいのかな……それとも、たくさんキスをしたほうがいい？ マチルダが僕を好きになってくれるまで、僕は何度だってマチルダに好きだって言うよ。愛してる、かわいいマチルダ。僕が君の運命の相手じゃなくても、僕はマチルダを振り向かせてみせるよ」

ビクターの怒濤の告白に息が止まる。

あまりにも正直な告白を受けて、マチルダもつい本音を吐露してしまった。

「そ、そんなの！ わたしだってビクター様に負けないくらいビクター様が好きですから！」

マチルダも精一杯手を伸ばして、ビクターの白金色の髪に触れる。ビクターの髪はさらさらしていて心地いい。その感触を指先に弄びながら、マチルダは口を開いた。

「わたし……ちゃんとビクター様のことが好きです。初めてお会いしたときから、ビクター様のこと、いいなぁと思ってました……」

見合いのときのことを思い出せば、いまでもきゅんと胸が高鳴る。

まるでさわやかな夏の風のような美青年だと思った。

そんな美青年が自分のお見合い相手として現れるなんてありえないと思いながらも、ビクターから目が離せなくて。

どこか遠くで祝福の鐘が鳴っているような、そんな錯覚にさえ陥っていたくらいだ。

(ああ、もう支離滅裂だわ……でも、好きってちゃんと言えた。わたし、頑張ったわ)

自分の言葉の拙さが情けなくなるが、いまはこれで精一杯だ。

なけなしの勇気を振り絞ったし、頭は混乱してるし、くらくらと眩暈がしていた。

「本当?　マチルダは僕のことが好き?」

「あ、はい。そ、そうなんです……ビクター様をお慕い申しあげております……」

まだ口にするのは照れてしまうが、紛うかたない真実だ。

「……よかった。メルベリー子爵とダンスをしたあとで話があるなんて言うから、僕はてっきり別れでも切り出されるのかと思って……マチルダがあんなやつと踊るのが悪いんだよ?」

どこかしら詰るような調子で言いながら、ビクターはまた、ちゅっ、ちゅっ、とマチルダの手の甲に、そして手のひらにとキスをする。最後にもちろん爪にするのも忘れなかった。

こういうところでぶれないのが、ビクターなのだ。ビクターの手が器用にマチルダのドレスのなかを探り、バッスルのクリノリンを外す気配がした。

「び、ビクター様、ダメです!　このドレスを脱いでしまったら、わたしひとりでは着られないんですから!」

慌てて身を捩り、ビクターの手から逃れようとするが、無駄だった。

ビクターはマチルダのドレスを脱がせることにかけては、エリーよりもすばやい。

「ひとりで着られないなら、王宮の侍女を呼び寄せればいいよ。明日の朝にはそういうときのための侍女が待機してるはずだから……問題ないよ」

なんてことのないように言いながら、ビクターはマチルダの髪についていた髪飾りをとり、一段と身を寄せる。

（そういうところですよ、ビクター様！）

人を手伝わせることに高位貴族はためらいがない。進退窮まったマチルダは、いまにも首元に吸いつきそうなビクターを、手でどうにか押さえて叫んだ。

「わ、わたしのお話は聞いてくださらないんですか！」

ぴたりと、ビクターの動きが止まる。どうやらマチルダの必死さが伝わったようで、ほっと肩の力を抜いた。

「わたしがしたかった話とメルベリー子爵はなんの関係もありません。そうではなくて……その、お屋敷の……離れの話なんです。わ、わたし、禁止されていた離れのなかに入ってしまって、それで……び、ビクター様にお話ししなくてはと思って……ごめんなさいっ！」

一度話しはじめると、今度は止まらなかった。

最後まで言い切ったところで、頭を下げたままビクターの裁可を待つ。

（お、怒られる……ううん。わたしが聞きたくないことを知ってしまうかもしれない）

正直に言えば、それは少しだけ辛い。

ビクターの過去の女の話なんて一欠片たりとも聞きたくなかった。たとえ、いまはマチルダがビクターの妻なのだとしても。

答えを待つ間も、胸がどきどきと鼓動を早めている。

でも、ビクターの反応はマチルダが予想していたどれとも違った。いきなり、ぐいっと両手で挟まれた顔を上げさせられると、真剣な表情でのぞきこまれる。

「離れに入ったって……研究室のことか⁉　怪我《けが》はしなかった？」

「あ、は……はい。特にはなにも……」

（あら？　わたし……怒られる覚悟を決めたはずなのに……）

予想外の反応に、なんて言葉を返したらいいかわからなかった。

「そう、よかった……あそこは僕の実験器具が置いてあるけど、雑然としているし、危険な薬品もあるんだ。最近は王宮の研究所に行くことが多いだろう？　だから、マチルダがひとりで入ると危ないかなって……」

「立ち入り禁止って、そういう意味だったんですか⁉」

思わず、ビクターの顔を両手で挟み返して、勢いよく声をあげてしまった。

ビクターの言っていることは理解できる。でも、想定外すぎて感情がついてこない。

「立ち入り禁止とまで言うから……もっと全然違う理由だと思いました！」

（ううん、違う。落ち着け、わたし。ビクター様は悪意がない方なのだから、こういうことに慣れなくてはいけないわ……）

自分で自分に必死に言い聞かせる。

（実験器具が置いてあってひとりで入ったら危ない……確かにそうね。どちらかというと、わたしは動きが鈍くさいほうだし、スカートが器具に引っかかったりしたら危ないかもしれないわ……で、でも）

必死になって自分のなかで渦巻く疑いや、わだかまりを直視しようと足掻いたマチルダは、もう言葉を取り繕う余裕がなかった。

「だってあの女の人は？　女の人の肖像画があったじゃないですか！　ビクター様はあの肖像画をわたしに見られたくなかったんじゃないのですか⁉」

今度も一息に言ってのける。

情けなくも「うぅ……」という不明瞭な声を漏らして、ビクターを睨みつけるマチルダは半泣きだった。

こんな嫉妬めいた言葉を口にするなんて、恥ずかしいしみっともないし、最悪だ。子どもが駄々をこねているのと同じ。

ビクターが仕事に行きたくないというより性質《たち》が悪い。

でも、言わずにいられなかった。それをはっきりさせたくて、勇気を振り絞ったのだから。

(ビクター様……すごい驚いた顔をなさってる……やっぱりわたしに見られたくないものだったんだ……)

ちくり、と胸に刺すような痛みが走るのは、他人の秘密を暴くような真似をした報いだ。

じわりとこみあげてくるものが溢れて、大きな雫になる。マチルダの菫色の瞳から涙が頬を伝った。

惨めだった。ビクターを傷つける言葉ではないかと、うすうす察していたのに、口にしてしまった自分に嫌悪感が走る。

なのに、ビクターはなにも言わずにマチルダの頬に唇を寄せると、そっと溢れた涙を唇で拭ってくれる。さらには、ちゅっ、ちゅっ、と頬や鼻の頭、目尻にとバードキスを落としたあとで、マチルダをぎゅっと抱きしめた。

「マチルダの涙、苦い……ごめんね。僕は多分、マチルダに辛い想《おも》いをさせたんだね……気づかなくてごめん」

なにを言われると覚悟していたのかわからない。

でも、その言葉を聞いて、ようやく気づいた。

(ああ……ベアトリクスに対して抱いていた感情と同じだわ……)

自分で勝手に劣等感を募らせて、なにか不幸なことが起きると思いこんでいた。

(でも違う。ひとりで不安を拗《こじ》らせていないで、ビクター様にちゃんとおうかがいしてよかったんだわ……)

ビクターはちゃんとマチルダが話すのを待ってくれる。そうわかっていたはずなのに、本当の意味で信頼してなかった。

ちゃんと心に渦巻く感情を整理して、聞きたいことを言葉にすればよかったのだろう。でも、体裁や世間体を盾にして自分の心を守ってきたマチルダにしてみれば、それが一番苦手なことだったのも事実だ。

「わ、わたしのほうこそ……嫉妬、しました……ビクター様はわたしとは身分の違う方ですし、もしかしたら昔、婚約者でもいらっしゃったのではないかって……」

情けない気持ちで告白すると、どうしても押さえきれなくて、涙が零れる。

自分の心の奥底にこびりついた濁った感情を吐き出すのが、こんなに辛いなんて。

でも、言わなくてはいけない。いま言わなかったら、きっとこの先ずっと、勇気が持てないまま、心にわだかまりを抱えることになる。

「わたしのほうこそ、ビクター様が、なぜお見合いでわたしを選んでくださったのか、わかりません……わたしはなんの取り柄もない男爵令嬢です。ビクター様は爪が綺麗な人が好きだっておっしゃいますが、そんな人は世界中にたくさんいるじゃないですか」

マチルダだって特別な『何者か』になりたかった。

国一番の美人とか、名の知られた伯爵令嬢とか。

でも無理だ。どんなに背伸びしたって顔の造作は変わらないし、実家の爵位も変わらない。

自分は平凡でとるに足らない存在にしかなれないのだ。

涙で頬が塗れて、鼻を啜《すす》るマチルダは酷い有り様だった。なのに、こんなときでもビクターは貴公子然としていて、ハンカチをマチルダの頬に当てて鼻もかがせてくれる。

「……マチルダの爪は僕が見たなかで一番綺麗だし、それがマチルダの取り柄ではダメかな？」

ビクターは静かな声で言う。淡々とした口調は、慰めるためでも、お世辞を言うわけでもなく、それが事実だと言わんばかりだ。

たとえ、ビクターの言うことが彼にとっての真実だったとしても、それだけじゃダメなのだ。

マチルダ自身が納得できる言葉じゃないと。

頑是ない子どものように首を振っていると、ビクターは乱しかけたマチルダの服を直しはじめた。立ちあがったビクターはおもむろに、マチルダに手を差し出す。

「やっぱり公爵家に帰ろうか、マチルダ。君の言う肖像画について話をしておきたいから」

静かな、でも強い意志がこめられたビクターの様子にうながされて、マチルダはうなずくしかなかった。

第九章　大好きだから譲れない！

舞踏会を途中で抜け出したビクターとマチルダは、馬車に乗って急ぎ帰宅した。

ビクターの命令でランプを掲げるハウゼンが先に立ち、暗闇に沈む庭へと案内してくれる。

公爵家の屋敷の片隅へ近づくにつれ、くだんの離れが見えてくる。

建物の古めかしい造りのせいだろうか。平屋建ての離れは、どこかひっそりとした空気が漂っていた。

数段の木の階段をのぼり、先に玄関に辿り着いたハウゼンは、作り付けのランプに明かりを点《とも》す。玄関に明かりがつくというだけで、ほっとさせられるのはなぜだろう。

「どうぞ、お入りくださいませ」

そう言って頭を下げる老爺に対して、ビクターは屋敷に戻るように指示を出した。

ランプの仄明かりに照らされたビクターは、いつもより神妙な顔に見える。白金色の髪は光が当たっているところと陰になっているところで陰影がついて、まるで美しい絵画のように見えた。

離れの奥に足を踏み入れたビクターは、もうひとつ扉を開いて、部屋に備え付けのランプにも明かりをつける。

「マチルダが言っていた肖像画って、これのことだろう?」

よく見渡せるようにランプを掲げてくれたおかげで、部屋のなかがよく見えた。

ふたたび見てあらためて再確認する。この肖像画が特別だと感じたのは正しかったのだと。

繊細でいて強い印象を与える絵に、凝った額装。

あきらかに強い思い入れがあるからこそ、手をかけていた。

ビクターはその肖像画の隣りに立ち、マチルダに微笑む。

「彼女はマチルダ。ローウェル男爵家から嫁いできた僕の妻だよ……母上」

いきなりなにを言い出したかと思ったら、ビクターの最後の一言でマチルダは目を瞠った。

「は、母上?」

「そう。マチルダにも紹介するね。僕の母だ。母の名前はシルヴィア・マリー・レッケンベルグ——レッケンベルグ公爵夫人だよ」

嘘を言っているという顔ではない。絵のなかの人物を自分の母だと思いこんで言っているような変態的な趣味でもなさそうだ。

（それに……それに……）

マチルダはなぜビクターがわざわざ肖像画の隣りに立ったのか、いまになって理解した。こうして並んだ状態で見ると、よくわかる。

肖像画のなかの夫人はビクターとよく似た顔立ちをしていたのだ。

なのに、マチルダがこの屋敷に初めて来た日に出迎えてくれた、快活で小柄な公爵夫人の顔が頭をよぎり、声が喉から出てこなかった。

「僕と母はよく似ているだろう？ 僕の髪の色は母親譲りでね。父と一緒にいると、『本当の親子ではないのでは？』なんてからかわれたものだったよ」

肖像画を見上げるビクターの視線には、愛情がこめられていた。その顔つきだけで、彼がどれだけ深く母親を愛していたのかが伝わってくる。

マチルダはその場の影に縛りつけられたかのように身動きできなかった。

部屋の隅に広がる静かで深い暗闇は、彼女のための鎮魂がこめられているかのようだ。その闇が広がって、ひととき、マチルダとビクターの間に静寂が横たわる。

「でも、わたしがお会いした公爵夫人は……ビクター様の母君は……」

考えがまとまらない。なにから訊ねたらいいのかよくわからない。

ビクターの発する気配から察してはいたのだ。でも、訊ねていいことなのかどうかの判断さえつかなかった。

「僕の母はね、もうずっと前に亡くなったんだ。それでいまのレッケンベルグ公爵夫人と父が再婚した。ただそれだけのことだよ。でも、母の肖像画を屋敷に飾っておくと彼女が気を遣うだろう？　だからこの離れに移したんだ。ここは僕とハウゼンくらいしか来ないから……そんなところで説明として足りているかな？」

マチルダは小さくうなずくことしかできなかった。

（そんな……そんな理由があったのに……勝手にビクター様の婚約者かもなんて勘違いして嫉妬していたなんて……うう）

この場に穴があったら入りたい。

でもいま思えば、ビクターの王位継承順位が一桁だと知ってからのマチルダは、少しおかしかった。いつビクターから別れを切り出されるかと考えては、離婚される理由を探してばかりいた気がする。

爪紅のこともそうだ。

——なぜ、ビクターはあんなに爪紅を塗るのがうまいのだろう。

そんな疑問を抱いていて、そこにつけこまれた。

男性があんなにも爪紅の道具を揃えていて手慣れているのは奇妙だし、自分でも塗ったことがあるだけに、あんなに綺麗に塗るには、かなりの回数をこなしたはずだという思いこみがあった。

ビクターの天才的な器用さのことは、見ない振りをしていた。

初めてマチルダを抱いたときに、本を読みながらでも慣れた様子だったビクターは、マチルダのようにコツを呑みこむのに練習が必要な人ではないのかもしれない、という可能性を排除して、疑心暗鬼に取り憑《つ》かれていた。

その疑念にちょうどピースがはまってしまったのが、この肖像画だったのだ。

綺麗に塗られた赤い爪は、マチルダの不安の答えに見えた。

指先にばかり目がいってしまい、顔をよく見ていなかったくらいだ。

（いまはもう、ビクター様の母君だと知って見るからだろうか。ビクター様と本当によく似ていらっしゃる……）

いくら焦っていたとはいえ、初めて見たときによく気がつかなかったものだ。

自分の観察眼のなさに呆れてしまう。

「もともと体が弱い人でね。いつも爪の色が悪いことを気にしていたから、僕が爪紅を塗ってあげていたんだ。こうやって赤く塗ると、少しは健康そうに見えるだろう？　でも、母の爪はマチルダと違ってがたがただったから……いつも『もっと綺麗な爪になりたい』って嘆いていいたよ」

仲がよかった母親を亡くしたのだから、とても辛かっただろうに、いまビクターは穏やかな顔で話してくれる。

それがなんだか申し訳なかった。

「ごめんなさい……ビクター様。わたし……ビクター様に嫌な思いをさせるつもりはなかったんです……」

こんなふうに秘密を暴くつもりはなかったし、ビクターに辛い話をさせたくはなかった。でも結果的に、マチルダがしたことでビクターに苦い顔をさせてしまった。

「嫌な思いなんてしてないよ。折を見て、マチルダにも母のことを話すつもりではいたんだ。だからちょうどよかったよ」

抱きしめられながら言われると、その言葉を信じようと思える。

（ビクター様のことは信じている。でもわたしが妻であることが、ビクター様の足枷《あしかせ》になるなら、わたしは……）

やさしく諭すような腕から解放されたマチルダは、肖像画の前に進み出て、足を交差させ体を屈めるお辞儀をする。

「こんばんは……レディ・レッケンベルグ。わたしはマチルダです。畏れ多くもビクター様と結婚させていただきました。お会いできてうれしいです。短い間かもしれませんが……よろしくお願いします」

心のなかにはまだ澱《よど》みのような感情が残っていたからだろう。ついそう言ってしまった。

口にしたあとで間違えたと気づいたが、もう遅かった。ビクターが満面の笑みを――どこか圧力のある満面の笑みを浮かべて、マチルダの肩をガシッと掴んでいた。

「マチルダ。『短い間かもしれない』とは、どういうことかな？ 特に深い意味はないと思うけど、念のため聞かせてもらってもいいかな？」

「え、あ、あの……深い意味はないと言いますか……いえ、言い間違いです！」

ここで、いまのは嘘ですと言って突きとおせるような性格だったら、マチルダの人生はもっとなにかが違っていたはずだ。でも、よくも悪くも虚勢を張ったり、嘘をつくのは得意じゃない。だから、マチルダはいまビクターに追い詰められているわけで。

変にうわずった声をあげると、ビクターはさらにいい笑顔になった。

「じゃあ、釈明は寝室で聞いてあげるよ、マチルダ」

その言葉の意味を取り違えたりしない。

（ま、また朝まで喘がされたりするのは困ります～～～！）

ビクターは忠犬の顔をして手をペロペロ舐めていたかと思うと、突然、豹変して襲いかかってくる狼なのだ。

これはまずい。進退窮まる。

「待ってビクター様……だからその！　ちょっとした間違いなんです！　あんまり激しいのはわたし困ります〜〜〜」

「大丈夫。僕はマチルダのことを愛してるから、お仕置きはいとしい妻をひたすらかわいがるだけにするから」

語尾をやたら甘ったるい調子で口にしたビクターは、部屋の明かりを消して、マチルダを別棟へと引きずっていったのだった。

† † †

ランプを掲げたビクターは、早足で夜の庭を横切った。

別に本気で怒っていたわけじゃない。

マチルダのことを愛しているのだから、こんなささいなことで怒ったりしない。そう思うそばからムッとした顔をしてしまい、ビクターは乱雑に上着を部屋のソファに脱ぎ捨てた。

自分たちが別棟に戻るのと入れ違いにハウゼンが戻るのが見えたから、火の始末はしてくれたはずだ。ハウゼンはビクターの母親を信奉していて、いまもあの離れのことをよく管理してくれている。そのことを、ビクターはよくわかっていた。

「マチルダが僕のことを好きだと言ってくれたのは嘘だった？」

自分でも意外なほど平坦《へいたん》な声が出た。

（この間も離婚なんて言葉を持ち出したし、マチルダは本当の本当は、僕と別れたいのかもしれない……）

そう思うと悲しくて、マチルダをいますぐ屋敷のどこかに閉じこめてしまいたくなる。

閉じこめてしまえば、マチルダを手放すことはない。永遠にビクターだけのものにできる。

誰にも会わせずにビクターのことだけ考えさせるようにすれば、マチルダはビクターのことしか考えられなくなるはずだ。

でも、マチルダを縛りつけたいわけじゃない。

（僕は僕のことをマチルダに好きになってほしい。好きだからそばにいたいと思ってほしい）

マチルダに嫌われるようなことはしたくないと考えるだけの理性も、まだ残っている。でも、別れたいと言われるなら耳を塞ぎたい。そんな相反する感情に引き裂かれながら、思わず視線を逸らしたビクターに、マチルダの声が響いた。

「そんなことはありません！ わたし……わたし、ビクター様のことが大好きです！ それは嘘じゃありません！」

「じゃあ、なんで『短い間』なんて言ったの？」

結婚したばかりなのに、妻から『短い間』のつもりだと言われるなんて。

その衝撃は言葉で言い表せないし、ビクターは泣いていいはずだ。

「あ、あれは……だって……ビクター様は王位継承権第四位だとうかがって……わたし、不勉強ながら存じ上げなくて……」

「だからなに？」

ビクターはマチルダを壁際に追い詰めて、また平坦な声で訊ねた。心のなかは泣き叫びたいくらい荒れ狂っていたのに、声に出すと、その激しさが嘘のように冷ややかになる。

言っていることがよくわからなかった。

サウラスのように王太子だというのならまだわかる。しかし、自分より王位継承権が高い伯父や父親だって元気だし、ビクターに王位継承権が実際に回ってくる可能性は数字よりも低いと思っていた。

「王位継承権が第四位だから、なに？　それが僕とマチルダになんの関係があるの？　僕はレッケンベルグ家の跡取りだとは思っているけど、王位継承権なんて関係ないよ！」

ビクター自身は、王位継承権を公爵家の跡取りとしてのおまけのようなものだと思っていた。

わざわざ自分の王位継承権の順位を名乗ったりしないのは、そのせいだ。

でも、『ビクター・レッケンベルグ』が王位継承権を持っているのは事実だし、ことさら隠していたわけでもない。

ビクター自身はなにも変わっていないのに、なぜ突然マチルダがこんなことを言い出したのか、ただただ混乱するばかりだった。

「だって、第四位ですよ？　しかも王弟殿下とお義父上より、ビクター様はお若いじゃありませんか。今後、もっと順位が上がることもありえます。そうしたら、わたしなんて……ビクター様の妻にふさわしくない……ただの男爵令嬢には王位継承権が一桁なんて方の妻は荷が勝ちすぎます！　わたしみたいに、なんの取り柄のない娘じゃダメなんです……」

「それ、誰が言ったの？」

マチルダの言葉のなにかが引っかかり、ビクターは重ねて問いかけた。

「僕が、王位継承権第四位だと『うかがった』と言ったね？　マチルダが僕にふさわしくないって誰が言ったの？」

どうもおかしい。

初めてサウラスと会ったときだって王太子だと知って驚いていたが、マチルダはもっと堂々としていた。王太子が出ろと言うくらい重要な会議なのだから、ビクターも行ったほうがいいと言っていたが、それはどちらかというと、ビクターのためを思って言っているように聞こえた。だから、ビクターはマチルダの言に従ったのだ。

決してサウラスの権威に屈して進言した様子ではなかった。

なのに、いまになって王位継承権第四位なんてものに怯えるなんて、マチルダらしくない。

（誰かが僕からマチルダをとりあげようとしてるのか？　マチルダと僕を別れさせてよろこぶ人間が誰か……）

そこまで考えてある男の影が頭をよぎる。

「メルベリー子爵がそう言ったのか？」

「ち、違います！　メルベリー子爵とはそんな話をする間柄じゃありません……」

思いつきで言っただけだから、否定されても驚かない。

それに、こうやって言葉を重ねているうちに、ビクターは少し冷静になってきた。

（なるほど。『メルベリー子爵とはそんな話をする間柄じゃない』……つまり、もっとマチルダと親しい誰かということか）

明確に敵がいるなら、その敵さえどうにかしてしまえば、あとは薔薇色の未来が広がっているはずだ。

基本的にビクターは物事を自分に都合がいいように考えるほうだった。

「じゃあ誰。誰がマチルダにそんな顔をさせているの？　マチルダ……怒らないから言ってごらん？」

むに、と泣きそうな顔をしている頬を両手で掴んだ。

マチルダの頬はぷっくりしてて掴みやすいのだ。こうやって頬を掴んだ顔なんかは小動物的な愛らしさがある。

（かわいい……こんなにマチルダはかわいいのに……）

なぜ自分の価値をこんなに低く見積もろうとするのか、我が道を行く性格のビクターは理解できない。

ほんの一瞬、逡巡《しゅんじゅん》して黙ったマチルダは、ビクターの重ねての追及にようやく口を開き、

「ビクター様はご存じない人ですよ……わたしの婚活仲間のベアトリクス……ナイアル伯爵令嬢です」

名前を聞いても確かに誰だかわからない。

そもそもビクターは基本的に令嬢たちに興味がない。同じ舞踏会にいたことはあっても、記憶していないのだから存在しないも同然だと思っている。

でも、なんとなく察しがついた。

（母上がよく言っていた……『パパとの結婚が決まってから、色んな人からおまえには無理だ

とか、どうせ逃げ帰ってくるに決まってるとか嫌みを言われたわ』って……)

「つまり、僕としあわせな結婚をしたから、マチルダはその人に嫉妬されたんだね。世のなかにはそういう人もいるってうちの母上がよく言ってた」

母親がビクターにそんな話を聞かせたのは、愚痴と言うより退屈そうなビクターに話をするためだった。

子ども心にもはっきり覚えている。彼女は好き嫌いのはっきりした性格の人だった。

親戚の集まりがあったときには、ことさら非の打ちどころがない貴婦人に見せたがるほど。

(嫌いな親戚に病弱だと指摘されるのを嫌がって……人が来るたびに大騒ぎして爪紅を塗ったっけ……)

急いで塗った爪紅は、塗りむらができやすい。それで、ビクターは綺麗に早く乾く塗料を開発しようと心に決めたのだった。

「嫉妬……？　ベアトリクスがわたしに？　そ、そんなことあるわけありませんよ……」

なぜマチルダはこうまで頑《かたく》なに否定するのだろう。

(もっと……マチルダを甘やかしてあげたくなって……困る)

困るけど、実際にはさして困らない。ビクターはやりたいと思ったらすぐやる性格だからだ。

つまり、唐突にマチルダを抱きあげて、ビクターは部屋を横切りはじめた。

最初のころは、なにかにつけ悲鳴じみた声をあげていたマチルダだったけれど、次第にビクターの思いつきという名の奇行に慣れてきたらしい。

「び、ビクター様。抱きあげてくださるときには、先に一声かけてくださいませんか⁉ 急にビクター様のお顔が近づいてこられると心臓によくありません！」

などと、ささやかな反抗を見せるようになっていた。

「……マチルダのそういうところ、僕はすごい美徳だと思うけどなぁ。それから、その婚活仲間との交流は夫権限でしばらく禁止するからね。会わないように」

腕のなかで頬を赤らめている妻を見下ろしたビクターは、もういつもの調子が戻っていた。

器用にマチルダの頬に頬をすり寄せて抱きしめると、しあわせな気持ちになれる。

「どうしたら、僕の奥様は世界一かわいいってことに、自信を持ってもらえるのかなぁ？」

マチルダを腕に抱きあげたビクターは、部屋のなかでくるくると回る。

「ビクター様はまたすぐそういうことを言う……」

まるでお湯が沸騰したかのように、真っ赤になったマチルダは耐えられないとばかりに両手で顔を覆う。

「僕は心からそう思ってるからね」

寝室に入ったところで、ベッドにマチルダを下ろした。

皺にならないように意識したのだろう。顔を覆っていた手でスカートの襞《ひだ》をたくしあげると、マチルダは爪紅を塗っていたことをいまさら思い出したようだ。自分の指先に視線を落とす。

「その爪紅、とろうか？　塗料をやわらかくする薬品をとってくる……マチルダ？」

踵を返そうとしたが、マチルダの手にシャツの端を掴まれていた。

「このままでいいです！　えっと綺麗にしていただいたので……もう少しこのままでいたいので……」

うれしそうに頬を染められると、胸を撃ち抜かれてしまう。

衝動的に体が動いて、マチルダの体をベッドの上に押し倒していた。

「マチルダだってそんな顔をして僕を誘っているんだからお互い様だろう？」

「び、ビクター様？　だ、ダメです。ドレスは床の上に落としたら皺がつきます。適当に脱がせたりなさらないでください！」

ビクターの手がスカートをたくしあげたことに気づいたマチルダは、真っ赤になってビクターの手を押さえる。

「マチルダのそういうところだよ」

真っ赤になって動揺しながらも、自分の意見を真っ直ぐにぶつけてくれる彼女が、ビクターには新鮮で眩しい。

（全然似ていないのに……）

――自分の母親をなぜか思い出す。

手を伸ばして触れれば、病がちだった母親とは違い、マチルダの頬はみずみずしくてあたたかい。吐息を感じるほど顔を近づければ、ふわりと甘い香水が薫った。

「ん……ぅ……」

唇を寄せると、鼻にかかった声が漏れ聞こえる。抱きしめると、びくんと身が強張ったあとで身を任せてくれる。そんな反応さえ楽しんでいる自分がいた。

「マチルダはすぐ『自分なんか』って言うけど、マチルダはたくさん持っているよ。爪が綺麗なのは、マチルダが健康だからだ。爪を見ればその人の健康状態がよくわかるからね」

挨拶のキスをするときのように手を掴んで、指先に口付ける。

「母上と違って血色がいいから、こんな黒地の爪紅を塗っても肌の色に映える。健康って言うのはね、一財産と同じだよ。持っている人はその価値を低く見積もりがちだけど、お金では買えないんだ」

だから、ビクターの母親は亡くなってしまった。マチルダが持っているものを持っていなかったから。黄金と引き替えにしても得られるかわからないその価値を、どうしたらわかってもらえるのか。

「……あ、そうか。つまりサウラスに早く結婚させて、子どもを作らせればいいんだ」

いいことを考えたとばかりに、ビクターは口角をにやりと上げて笑う。

「え？　なんの話でしょう？」

マチルダは唐突に話が飛んだせいで、わけがわからないらしい。ビクターの思考はあちこちに飛びがちだから、こういう反応には慣れている。

「さっきマチルダが心配していただろう？　僕の王位継承権が上がったらという話。僕の王位継承権が上がったら困るんだから、下がるようにすればいいんだよ。直系の男子が増えれば、その分、王位継承権は下がるんだから……簡単じゃないか」

これですべて解決だ。

もちろん、王位継承権に関わりなくマチルダと離婚するつもりなんてない。しかし、マチルダを安心させてあげたい。

「それは確かに……そうですけど。でも、そんなにうまく行くのでしょうか……」

不安ととまどいと、それに少しだけ希望が入り混じった表情をしたマチルダは食べてしまいたいくらい魅力的だ。

ちゅっ、と鼻の頭にキスをすると、くすぐったそうにする顔もいい。

「大丈夫。僕とマチルダがいちゃいちゃしてたら、きっとサウラスもうらやましがって結婚したいって言い出すよ。だから、早く子どもができるように頑張ろうね！」

ビクターは自分の飾り帯を投げ捨て、シャツのボタンを全部外してから、マチルダのドレスに手をかけた。

「結局、そういうことなんですか！」

唇を尖らせた顔は不満そうだけれど、マチルダの首に手を回したビクターが、首飾りを外すと、彼女自身もいくつかアクセサリーを外しはじめる。つまり、ビクターの提案に乗ってくれるということだ。

ダメ押しのように手の甲にキスをして、

「脱がせたドレスは椅子の背にかけておくから、それで僕の奥様は妥協していただけないかな？」

軽くウィンクしてみせると、尖った赤い唇はもうゆるんでいた。

「そういうことでしたら……まぁ、ぎりぎり及第点ということにしておきますわ」

これで交渉成立。マチルダがビクターの行動に慣れてきたように、ビクターだってマチルダがどこにこだわるのかを理解しつつある。

どこまで条件を提示すれば妥協していいと考えてくれそうなのかも。

お互い少しずつ探り合う感じが楽しい。

マチルダのドレスを脱がせるのは、我ながらずいぶん早くなった。コルセットの紐をゆるめるときには、僕がやりやすいようにマチルダが時期を見て踏ん張ってくれたり、息を止めたりしてくれるというのもある。初めて会ったときには、お互いが相手に振られたと思ってすれ違ったことからしたら、すごい進歩だ。

絶妙に息が合っている。

言われたとおりにドレスが皺にならないように椅子の背にかけるのだけは、少し骨が折れたし、次は人を呼ぼうと心に決めた。そもそも、公爵家の御曹司は雑事を人にやってもらうことに慣れているのだ。

いまだって、侍女を呼び、マチルダが夜着に着替えるのを待ってから寝室に来ればいいだけなのだが、その間、外で待たされるのをビクターが我慢できなかっただけだ。

ふたりして生まれたままの姿になってベッドに倒れこむと、もう一度マチルダに覆いかぶさるようにしてキスをする。

やわらかい唇に触れて、角度を変えてもう一度キスをして。それから、手のひらにも手の甲にも、ちゅっ、ちゅ、とキスをして、爪の上にも唇を落とした。

「マチルダの綺麗な爪はすごい宝物だよ。そんな爪を持つマチルダは僕の世界一の奥様で……大好き。愛してるよ……だから、ずっと僕と一緒にいてくれるよね？」

言葉を尽くして囁くと、腕のなかのマチルダは頬を染めて微笑んだのだった。

† † †

腕のなかで愛の告白を受けると、心のなかで固まっていた氷の塊が少しずつ溶けていくような、そんな心地に襲われる。

「わたしも、ビクター様のことが大好きです……」

胸があたたかくなるたびに、意固地だった自分も小さくなり、すんなりと気持ちを言葉にできた。

ビクターが珍しく照れくさそうに微笑む。

（あ、ちょっとその顔は反則です……ビクター様……）

不思議なもので、目の前の人に照れられると、こちらも照れくさくなってしまう。

マチルダはそんなことを考えながらも、角度を変えて顔を寄せてくるビクターの、長い睫毛が俯《ふ》せられるのを見て、自分も目を閉じた。

ビクターの甘い囁きを聞かされたあとで抱きしめられると、心が満たされる。

――『僕としあわせな結婚をしたから、マチルダはその人に嫉妬されたんだね』

ビクターの言葉が頭のなかでぐるぐると回っていた。

マチルダからしたら、ベアトリクスから嫉妬される理由はなにひとつない。けれども、ビクターの言うとおりかもしれないとも思う。

(でも、ビクター様から会うなと言われたのだから、ベアトリクスとは、しばらく会わなくていいんだわ)

そう思うと、少しだけ気が軽くなる気がした。

別に誰が悪いという話じゃない。いまは彼女とは距離を置きたかったのだ。

ビクターの胸に顔を埋めていると、ビクターの匂いがする。

ちゃんと調香師が作った香水を身につけているくせに、ビクターは色んなことに頓着をしない。それに、舞踏会や会議といった正式な場所以外では、香りは身につけていなかった。

研究に差し障りがあるからだとか。

「そういえば、本に載っていた体位はいくつ試したんだっけ?」

マチルダの腰を撫でながら、ビクターはそんなことを言う。

マチルダもちらりと中身を見たことがある。横からとか後ろからはまだしも、そんな体勢は無理だろうと思われるものもたくさん描かれていた。

「ちょっ、ビクター様。立ったままとか嫌ですよ!?」

いきおい、ビクターの首に抱きつくと、さらさらした髪の感触が心地よい。

（まぁ……どうしてもとおっしゃるなら、つきあってさしあげてもいいけど……）

嫌だと言いながらも、完全に拒絶しきれないマチルダなのだった。そんなことを考えたのを見透かされたのだろうか。

ビクターがマチルダの髪を撫でながら、またキスをしてきた。

（こんなにたくさんキスをしたら、唇に引いた紅がなくなってしまったかも……）

舌を絡めてするキスは、最初はわけがわからなかったのに、いまはぞくぞくと震えあがる愉悦さえ楽しんでいる。肌が触れ合う状態でキスをするのは、実は珍しいななんて考えたところで、ビクターの唇が次第に首筋に移った。

「今日はマチルダをたっぷり甘やかしてあげるよ。マチルダの体に、僕のものだという印をたくさんつけて、ね」

ちゅっと啄むように触れたあとで、肌をきつく吸いあげられる。その新たな刺激を受けて、ぶるりと体の芯が熱く震えた。

体が官能を呼び覚まされるのを感じて、マチルダは腰をくねらせる。

（うれしい。このところ舞踏会の準備で忙しかったから、こんなふうにゆっくりと触れ合うのは久しぶりかも……）

キスをしたり、ただ抱き合ったりする時間というのは楽しい。

ビクターに好き勝手に抱きついていいのも、マチルダとしてはうれしいところだ。指と指を絡めて触れていると、ビクターの指は骨張っていて長い。マチルダの手と全然違う。

そういうささいな発見を感じながら、肌をもっと密着させていたかった。でも、

「ビクター様、あんまり目立つところに痕をつけられるのは困ります……白粉《おしろい》で隠すのにも限界があるんですから、ひゃうっ！」

注意してほしいと言ったそばから、鎖骨の近くを吸いあげられた。唇を尖らせてしまう。

「もう、ビクター様ってば！　んっ、ふぁ……あぁ……」

苦情を言ったせいばかりではないだろう。胸を揉みしだかれて、思わず喘ぎ声が漏れた。

「ふふ……マチルダのどこが感じるのか、わかっているんだから」

悪戯っぽい笑みを見せたビクターは、今度は胸の先に舌を伸ばす。

乳頭をつつかれると、ひときわ大きな愉悦の波が広がり、体の芯が疼いた。舌先の刺激にうながされて硬く起《た》ちあがった括れをくるりと辿られると、ぞくんと背筋に震えが走る。悩ましげに露わになっている腰が揺れた。

「ビクター様の意地悪……甘やかしてくれるっておっしゃったのに……」

愉悦に蕩かされながらも、つい苦情が口を衝《つ》いて出た。

こんな言葉を吐き出してしまうのは、マチルダがビクターに甘えているからだ。自分でもよくわかっている。

（どうしよう……本当にわたし、ビクター様に甘やかされすぎているかも……）

自分で我が儘を言ったのに、手で顔を隠したくなるほど恥ずかしい。顔がかぁっと火照るのがわかった。

「胸を弄ばれるのは嫌？　それとも、今日の子作りはやめておく？」

「……う、そ、それは……その、つ、続けるほうで……いい、です」

甘えたことを言いたい気分だっただけで、本当に嫌なわけじゃない。それに、ビクターの反り返る屹立《きつりつ》が主張している。このままで終われるわけがない。

マチルダも悪戯心が湧いて、ビクターのそれに手を伸ばしてみた。

「ビクター様のこれ……こんなに大きくなってらっしゃるのに、ここでやめて大丈夫なんですか？」

つんつんとつついただけだったのに、それだけでも刺激を与えてしまったらしい。

ビクターが苦しそうな声を漏らした。

「マチルダ、ちょっ……無理！　やめるの、無理だから……！」

ばんばんとベッドのシーツを叩かれて、マチルダは悪戯の手を引いた。でも、それは十分なほど危険な引き金になったようだ。

くふふ、と悪戯が成功して悪い笑みを浮かべたマチルダに、ビクターは宣言する。

「もう、マチルダがそういうつもりなら、手加減しないから」

そう言うと、指先を下肢の狭間に伸ばして、割れ目の感じるあたりをまさぐる。

(しまった。ビクター様を狼モードにしてしまった！)

そう気づいて後悔したけれど、もう遅かった。

自分で思っていたよりずっと下肢の狭間は濡れていて、甲高い嬌声が零れる。

「……あぁっ、んっ……ああ……はぁ……あっ、ンぁあ……ッ！」

驚いたと同時に、指先で攻め立てられて、ぞわりと甘いおののきが体中を駆け抜けた。

「まだ夜は長いんだから、僕の奥様には、かわいい啼《な》き声を存分に聞かせてもらおうかな？」

そう言うと、ビクターは固く反り返った肉棒をマチルダに突き立てた。

初めて抱かれたときとは違う。マチルダの体はもうビクターの肉槍の形を覚えてしまったのだろう。ぞわり、と腰の奥が疼いたのは、快楽への期待のせいだった。

「ふぁ……くっ、あぁん……ビクター様、それ、大きすぎ、です……ぁあ……！」

体の奥が引き攣れて苦しい。なのに、同時に膣道はよろこんで蠕動《ぜんどう》してもいた。

「んっ、すごい……マチルダのなかが僕のに絡みついてきて……こっちのほうが搾りとられそ

うだよ……」

もっと奥に挿入しやすいように、姿勢を変えようというのだろう。ビクターがマチルダの腰を抱いて動くと、膣が擦れて、ぞくん、と強く愉悦が走った。

「ひゃ、う！　ビクター様、変に動かれるとわたし……はぁ、あぁん……ダメぇ、今日はなんだか……ンぁあ……ッ！」

そう言っている間も、太腿を持ちあげるようにして開かれて、肉槍がさらにずずっと奥を突いた。びくんびくん、と腰が跳ねて、頭のなかで真っ白な光が弾ける。早くもマチルダは軽く達してしまっていた。

下肢の狭間から、いやらしい蜜が零れて、太腿を伝ってシーツに落ちた。

このままでは朝、シーツがどれだけ乱れているか、想像できてしまう。

「んっ、マチルダが気持ちよさそうに蜜を出すから、滑りがよくなってきたね……動くよ」

ビクターはそう言って一度肉槍を引き抜くと、空っぽになった膣道が淋《さび》しさを訴えるより早く奥へと突き立てた。

「ふぁ、んッ！　あぁ……あぁん……ひゃ、ぁあ……ンぁあ……あっ、あっ……！」

肉槍に抽送されると、その律動に合わせて嬌声が零れる。

ビクターの激しい攻め立てに揺さぶられて、頭がくらくらした。

（意識が……吹き飛びそう……）

肉槍が動くからだけではなく、腰に少し触れられるだけで、ぞくぞくと激しい愉悦が湧き起こって、我慢できない。

喘ぎ声がひっきりなしに漏れて快楽を感じてるのに、激しすぎて辛い。

もう限界だと思いながら必死で意識を繋ぎ止めているマチルダとは違い、ビクターはまだまだ余裕があるらしい。

「マチルダ……マチルダのかわいい顔を見ながらしたいな」

そんな甘ったるい声をかけたかと思うと、ベッドの上でマチルダを抱っこするように持ちあげた。急に体位を変えられて、敏感な肌が勝手に総毛立ってしまう。でも、ビクターの太腿の上に跨がるように抱っこされると、お互いの顔が確かによく見えた。

（あいかわらず、ビクター様ってば睫毛が長い……）

潤んだ目でビクターを見下ろして整った顔を観察しているうちに、視線が絡んだ。吸い寄せられるように顔が近くなる。

「んぅ……ビクター……さ……んんぅ……ッ」

貪るように唇を吸われたあとで、また肉槍を突き立てられた。

何度か達したあとだから、今度はずいぶんと楽に体の奥へと受け入れた気がする。

苦しさより、愉悦のほうが強い。

「ンぁあっ……ひゃんっ、ビクター様、やぅ……その角度、だめぇ……あっ、あっ……！」

さっき抽送されたのと違う角度で動かれて、あきらかに嬌声のトーンが一段と高くなった。

びくびくと体が跳ねて、揺れるたびに胸の先がビクターの肌に擦れる。肌が感じるからまた声が高くなる。その繰り返しにはまってしまった。

「んーいい反応。マチルダの体はこの体位が好きなのかな？　ふふ……いいね。僕の奥様は最高にいやらしい顔してる」

「ふぇええ……わたし、いやらしい顔なんてしてな……ぁあっ、あんっ……あっ、あっ……ンぁあぁん……ッ！」

反論したとたん、ビクターの肉槍が体の奥を突くから、喘ぎ声で消されてしまった。

その間に真っ赤な顔をして睨んでみても、ちゅっと鼻先にバードキスを返されるだけだ。

仕方ない。マチルダはもう、ビクターに翻弄される運命なのだ。

「あぁん……ビクター様、どうして？　もぉもぉ、限界です……ンぁあんっ……ビクター様だって……苦しいでしょう？」

精を奥に射出《だ》してもらえれば、肉槍はしばらくは復活しないはずだ。マチルダもこの快楽の攻め立てから解放されるはず。

そう思って、涙を流しながら訴えたのに、返ってきたのは予想外の言葉だった。

「苦しいことは苦しいかな……でも、長く我慢したほうが子どもができやすいって本に書いてあったからね」

いい笑顔で言い切られてしまった。

まだ硬度を保ったままの肉槍に動かれると、マチルダの体はひたすらぞくぞくと快楽が湧き起こり、際限がなかった。

このままだと愉悦の地獄に溺れてしまいそうだ。

（そんなまさか……いや、ビクター様ならやる……目的を達成するためなら、どんな手段でも厭《いと》わない人だ……！）

察したとたん、マチルダは必死になって訴えた。

「こ、子どもは今日できなくてもいいですから！　マチルダはビクター様の精が早く欲しいです！」

半分やけになって叫んだのに、ビクターには通じなかったようだ。

「大丈夫。子どもは何人いたっていいし」

そう言って、マチルダの胸にちゅっとキスを落とす。

（そういう問題じゃないんですが、ビクター様ぁああ。子どもは一度にひとりしかできませ

んしぃぃぃぃ）

心のなかで必死に叫んでも、口から出てくるのは喘ぎ声だけだ。

唇がやわらかい乳房に触れて、舌先で乳頭をくりくりと弄ばれると、弱い。下肢とは違う場所に快楽を受けて、またマチルダは愉悦の絶頂へと導かれてしまった。

「あっ、あっ、そこは……ンぁあ――ひゃぁんっ……あぁ……ンあん……ッ」

結局、マチルダがビクターの精を受けたのは、それから何回かの絶頂を覚えたあとだった。

（体の奥に精を受けて、こんなにほっとするなんて……あとにも先にも今夜だけかもしれないわね……）

ビクターの汗ばんだ肌に抱きつきながら、マチルダはようやく意識を手放したのだった。

† † †

翌朝、目を覚ましたマチルダは、侍女のエリーに風呂に入れてもらいながら、さんざん苦情を言われる羽目になった。

「マチルダ様がビクター様とうまくいっているのは結構ですけどね。次からはちゃんと、ドレスを脱ぐときは私を呼んでくださいね。それが私のお仕事なんですから！　爪のお手入れもそうですよ？」

エリーは苦情を言いながらも、マチルダを洗う手を止めない。よほど腹に据えかねているようで、髪に、ざばぁっとお湯をかけて泡を流す間も、ぐちぐちと言っていた。

「ベアトリクス様の件で落ちこんでいたし、心配していたんですからね？ いくらビクター様が女性のドレスを脱がせるのに慣れていると言ったって、普通は舞踏会から帰ってきたら呼ばれると思うじゃないですか！ ずっとお待ちしていたんですからね⁉」

「エリーの言うことはごもっともです……」

心配してくれていたのがわかるだけに、苦情はそのまま聞くしかない。

さっきもマチルダの指の爪紅を落とすのを、ビクターとエリーのどちらがやるかで軽く揉めたばかりだ。しかし、爪紅に関してはビクターも譲らないものだから、マチルダはどう仲裁したものか軽く頭を悩ませてた。

(爪のお手入れは本来、侍女の本分なのだけど、ビクター様のご様子だと爪紅は絶対に譲ってくれなさそう……つまり、爪はビクター様の自由にしていいので、ドレスの着替えに関しては侍女を呼びましょうと妥協していただくしかない……)

爪はダメだ。ビクターの母親の話を聞いてしまってからはなおさら、ビクターの執着の源は爪にあると理解してしまっていた。

「わたしの爪がもう少しがたがただったら、未来は変わっていたのかも……」

バスタブにほかほかと浸かって両手を広げ、マチルダはしみじみと自分の爪を眺める。

――『マチルダの綺麗な爪はすごい宝物だよ』

美人だと言われるのと比べれば、その価値をいまだにわかってはいない。

「でも、しあわせなら、それでいいわよね」

バスタブの縁に体を預けたマチルダは、満たされた笑みを浮かべたのだった。

エピローグ　若奥様は旦那様の（爪）愛が強すぎて困っています

公爵家の屋敷は、このところいつもにぎやかだ。

新しい若奥様を迎えたばかりで、屋敷全体が若返ったかのように、どこかしら楽しい活気に溢れている。

なにせ、ずっと離れに引きこもりだった公子は真面目に王宮に出仕するようになったし、怠惰な生活もあらためている。後継ぎ夫妻が暮らす別棟は改装して綺麗になったし、庭には新しいハーブが植わって、珍しい香りを漂わせている。

変化というのは、慣れないうちは重荷に感じるが、最終的には楽しめるようになる。

だから、レッケンベルグ公爵夫妻をはじめ、昔からいる使用人たちは、この変化をもたらした若奥様に、みなひっそりと感謝していたのだった。

――その日も、ビクターはマチルダとささやかな口論をしていた。

「だから、なんでダメなのさ⁉」

「だって恥ずかしいじゃないですか！　自分の爪の絵を自慢気にお客様に見せつけているなんて！」

ビクターがマチルダと口角泡を飛ばして言い争っているそばで、ハウゼンは平然とした顔でカップにお茶を注いでいる。

「どうぞお召し上がりください」

お菓子とともにお茶のカップを勧めた相手はサウラスだ。

サウラスはどこか居心地が悪そうな顔をして、ビクターとマチルダの口論を眺めている。

「だってこんなに妻の爪が綺麗なら自慢したいに決まっているだろう⁉　みんな自分の肖像画とか飾っているじゃないか」

「そんな人はビクター様だけですから絶対にやめてください！　肖像画と爪の絵は似て非なるものだとマチルダは考えますので、この応接間の壁から、わたしの爪の細密画は全部外してください！　お客様だって反応に困るじゃありませんか。王太子殿下もそう思われますよね⁉」

唐突に話を振られたサウラスは、どこかびっくりとした顔をしていた。

「あ、ああ……そうだな。まぁ、確かに話題として振られると困ることは困るかな……まぁ、ビクターの趣味だし……好きにすればいいと思うが……」

語尾に向かうにつれて、ぼそぼそと声が小さくなっていくというのは、王太子のあるべき姿としていかがなものだろう。

（マチルダの勢いに圧倒されてるな、これは……）

幼馴染み同士、お互いの反応はよくわかっている。

（マチルダの友だちだという伯爵令嬢もそうだったのだろうな）

気心が知れた相手というのは、ときには性質が悪い。

気心が知れて理解していると思うからこそ、相手の予想外の成長に焦ってしまうのだ。

のんびりしたところがあるマチルダに結婚で先を越されて、その娘は苛立ったのだろう。それは容易に想像できた。

いまのところ、ビクターがくだんの伯爵令嬢との会話を禁止したから、マチルダの動揺はひとまず収まっている。

（こういうのは時間が経つと、意外とあっさり解決するものだし）

ビクターはあまり心配していなかった。

一時的に相手に嫉妬することがあっても、自分の立場が変われば、また見方が変わってくる。

マチルダの幼馴染みがまともな性格なら、そのうち落ち着くだろう。

幼馴染みであるサウラスとのやりとりから、ビクター自身も経験があったからだ。

サウラスが王太子にしては真っ直ぐな気性なのは、ビクターとは対照的だ。ふたりは互いを反面教師にしながら育った。そのせいで、ビクターにはいま、サウラスがマチルダに好感を抱いたのがよくわかっていた。

ビクターは自分の妻の腰を抱き寄せて、見せつけるように身を寄せる。

「サウラス、マチルダは僕のだから。妻がいてうらやましいなら、自分で結婚相手を早く見つけるといいよ」

挑発するように言ったビクターは、銀の食器からサンドイッチをひとつ掴み、

「はい、マチルダが好きな苺ジャムのサンドイッチだよ……あーん、して?」

マチルダの前にサンドイッチを差し出した。もちろん、わざとだ。

――『サウラスに早く結婚させて、子どもを作らせればいい』

ビクターは自分のその発言を実現させるために、労を惜しまないつもりだった。

(こんなことで、マチルダが安心できるなら安いものだよね)

マチルダといちゃいちゃしているだけでサウラスを煽《あお》れるんだから、ビクターとしては一挙両得である。やらない手はない。

ちらりとマチルダの視線がサウラスの表情を確認するのを横目に、くふふと人の悪い笑みを零す。

我ながら性格が悪いのはわかっていたが、こういうとき、真っ赤になったマチルダがとまどう姿を見るのはとても楽しい。

「今回のはまた違う品種で、すごく香りがいい苺でジャムを作ったんだよ？　ほら、マチルダ、あーんは？」

研究の一環でビクターが手をかけたジャムは、料理長も顔負けの出来なのだ。

重ねてマチルダの鼻先にサンドイッチを近づけると、真っ赤になって苦悩したあげくに、マチルダが意を決するのがわかった。

目を閉じて、ようやくサンドイッチに囓《かじ》りついてくれる。その、誘惑に戦いながらも恥じらう表情に、ビクターはきゅん、と胸を撃ち抜かれた。

「マチルダかわいい！　大好き！」

あまりにも苦悩する顔がいとおしすぎて、たまらずに妻を抱きしめてしまう。

「び、ビクター様。人前ですってば。王太子殿下の御前ですよ！」

あわあわと慌てて耳まで真っ赤になるから、その耳にも囓りつきたくなって困る。

（マチルダのほうこそ、僕を誘惑しすぎなんだから……）

今日の爪紅はいつになく控えめに、肌よりやや色のついた桜色を塗っている。

青緑や黒といった目立つ色もいいが、こういうさりげないおしゃれもマチルダの肌の美しさを引き立てていいと思う。

自分の仕事に満足したビクターは、いつものように癖で、マチルダの手のひらにキスをして、手の甲にもキスを落とし、最後にちゅっと爪の上に口付けた。

赤かったマチルダの顔はさらにゆでだこのように真っ赤になり、いまにも目を回してしまいそうだった。

「び、ビクター様は……もう、人前では手にキスするのもなしです～～～」

「なんで⁉　普通に挨拶のキスだって手の甲にするじゃないか。こういうドレスの外に出ているところは触れていいものだろう⁉」

唐突なダメ出しを受けて、ビクターは即座に反論した。マチルダがなにか言いたそうに、でも言葉が出てこないから悔しそうに、ビクターを睨んでいる。

（真っ赤な顔で睨まれるのもいいな……）

などという頭の沸いたことをビクターが考えているなんて、マチルダは知る由もないだろう。

しかし、つきあいの長いサウラスにはさすがに悟られたようだ。

「マチルダ嬢。その顔は逆効果だ。ビクターをよろこばせるだけだから、やめたほうがいい」

紅茶のカップをソーサーに戻したサウラスは、涼しい顔で言う。

「おまえのキスの仕方がいやらしいから、人前ではやるなと、マチルダ嬢はそう言ってるのだ、ビクター。自重したまえ」

意外なことに、大変驚いたことに、サウラスはマチルダの味方をしたのだった。

「サウラスが女性にそんなやさしい気遣いをするなんて……」

軍人気質《かたぎ》というか、ぶっきらぼうな暴君といったイメージが強い相手なだけに、ビクターは衝撃を受けた。

「気遣いというか、一般常識だ……馬鹿者！」

「サウラス、マチルダは僕のものだからね？ サウラスはサウラスで自分に合った相手を探していちゃつけばいいよ」

サンドイッチを頬張《ほおば》った妻を腕に抱き寄せて、ビクターはサウラスを牽制する。

レッケンベルグ公爵と公爵夫人は近くのソファでお茶をいただきながら、ビクターとマチルダの仲睦まじい姿をうれしそうに眺めていた。

見せつけられているサウラスとしては、たまったものではない。眉間に皺が寄るのも、無理はなかった。

ビクターはマチルダの頬に頬をくっつけてすりすりしながら、にっこりと微笑む。

「あーマチルダと結婚できた僕は世界一の果報者だよね！」

その言葉を聞きながら、ハウゼンは離れのほうへと顔を向け、部屋の隅で控えていた侍女のエリーは、どうやらここが終《つい》の棲家《すみか》になりそうだと胸を撫で下ろす。

マチルダはビクターの甘い香りに包まれて、どうしたら人前でいちゃいちゃしたがる夫を躾できるのだろうかと、今日もしあわせな悩みを抱えて困っていたのだった。

あとがき

この小説は架空のヨーロッパ風の世界であり、現実とは違う部分は小説の設定が優先します。という寛大な気持ちで楽しんでいただけたらさいわいです。ネイルとかネイルとか。

お久しぶりです。あるいは初めまして、藍杜雫《あいもりしずく》です。

乙女系小説としてはなんと三十冊目、蜜猫文庫では六冊目の本になります。今回のタイトルは多分過去最長です（笑）一年に一作の作家と思われてそうですが、他社さんで「転生して竜をもふもふしていたら愛され王妃になりまして（大判）」とか「妾の後宮妃ランキングは133番目のようです（文庫化書き下ろし有）」とかコミカライズとか出てます。平に平によろしくお願いします。（宣伝宣伝）そして、軍服ビクターが眼福な素敵なイラストを描いてくださった森原八鹿様。ありがとうございました。

この本をお手にとってくださった読者様にも感謝です。よかったら☆5をつけていただけると、横浜の片隅であいもりがひっそりと小躍りします。あとがき一頁だから駆け足！

藍杜雫〔https://aimoriya.com/〕

蜜猫 Mitsuneko Label

蜜猫文庫をお買い上げいただきありがとうございます。
この作品を読んでのご意見・ご感想をお聞かせください。
あて先は下記の通りです。

〒102-0075 東京都千代田区三番町8番地1 三番町東急ビル6F
(株)竹書房　蜜猫文庫編集部
藍杜雫先生 / 森原八鹿先生

ざんねん逃げられない！変人伯爵の
甘いえっちにきゅんです♥
昼も夜も旦那様の愛の力がすごすぎる！
2021年8月30日　初版第1刷発行

著　者　藍杜雫

発行者　後藤明信
発行所　株式会社竹書房
〒102-0075 東京都千代田区三番町8番地1 三番町東急ビル6F
email : info@takeshobo.co.jp
デザイン　antenna
印刷所　中央精版印刷株式会社